HANA

Retrouvez toutes nos éditions manga BL :

www.boys-loves.fr

Nos sorties digitales BL :

www.hana-book.fr

Et toute l'actualité des éditions HANA sur nos réseaux sociaux :

@Editions_Hana

HAPPY OF THE END

HANA

www.boys-loves.fr

Traduit du japonais par Angélique Mariet
Maquette : Pierrick Gontero
Assistante Edition : Maeva Paino
Responsable Editorial & Production : Tony Mr P

Dépot légal : Janvier 2022

ISBN 978-2-38276-103-8
ISSN 2743-4435

Imprimé par GZ Digital Media as

OGERETSU TANAKA

HAPPY OF THE END

C'EST VRAI QU'IL LUI ARRIVE DE RIRE
QUAND IL JOUIT.
QUOI ?
RIEN !
T'ÉTAIS PAS SUR LE POINT DE JOUIR LÀ, MONSIEUR LE TARDIF ?
CRII
AU MOINS JE SUIS PAS PRÉ-COCE.
HAA..
HA HA HA !!!
CRII
SPLURT
CRII
SPLURT
MMH...
HAA
SPLURT
C'EST MARRANT...
JE PRÉFÈRE GARDER ÇA POUR MOI.
CRII

HMM ...
NGH
SMACK
HAN !
PAF
ズプ
PAF
ズプ
HFF ...
AAH ...
HAN !!!
BRR
プルッ
PAF
PAF
ON A VRAIMENT LA DALLE.
SQUISH
HA !
T'ES SI BON À L'INTÉRIEUR...
HA HA..
JE VAIS JOUIR.
AH...

HAA...
HAA...
AAH !!!
HAN !
GNH !
SPLIC
AH !
BRR
BRR
CRII
HAA... C'EST SERRÉ.
AAH...
HAAN !!!
SQUISH
SQUISH
NH !
HAA...
HAN...
D'AILLEURS, MAINTENANT QUE J'Y PENSE,
IL NE M'A RIEN DIT SUR LUI MIS À PART QU'IL AIME LES OMELETTES.
GENTIL GARÇON.
CONCENTRE-TOI !
PAF
AH !
BRR
GNH...
PAF
HA
OUI...

SMACK
TOI AUSSI, T'AIMES BIEN LES BAISERS,
JE TE SIGNALE.
HI HI
GRAB
J'AIME ENCORE PLUS LE SEXE.
MOI AUSSI...

HEIN ? J'AVAIS CETTE TÊTE-LÀ, MOI ?
OUAIS, ÉCOEURANT.
Souvenir
FLIP-PANT...
DIS PAS DES TRUCS COMME ÇA...
TIMIDE
ET PUIS...
TU AIMES LES BAISERS.
OUI...
AH !
SMACK
ちゅっ♡
HI HI !!!
ROUGIT
.....
Fait chier, il est trop chou !

TOI, PARLE-MOI DE TOI !
C'EST QUOI TON PLAT PRÉFÉRÉ ?
LA BOUFFE CHINOISE ET LE POISSON GRILLÉ.
C'EST NUL... ET TON TYPE DE GARS ?
EUH, BEN...
JE SAIS TROP...
TU L'AIMES BIEN, HEIN ?
MON VISAGE.
ROUGIT
JE... JE L'AIME, OUI.
HI HI
POURQUOI T'ES GÊNÉ TOUT À COUP ?
ON DIRAIT QU'ON SE RENCONTRE POUR LA PREMIÈRE FOIS !

POURQUOI TU VEUX SAVOIR ÇA ?
RIEN DE SPÉCIAL, JE TE DIS ! C'EST JUSTE QUE...
JE NE CONNAIS PAS GRAND-CHOSE DE TOI.
LES TRUCS QUE T'AIMES, TOUT ÇA...
!!!
J'AIME BIEN L'OMELETTE AU RIZ.
JE SAIS DÉJÀ ÇA.
ET PUIS LES GARS AUX LONGS CHEVEUX BLONDS
QUI ONT UN REGARD DE VOYOU.
TU PARLES DE MOI LÀ, NON ? C'EST QUI LE VOYOU ?
HI !
HI...
POF
HI HI...
HI !
FAIT CHIER, TU M'AS FOUTU EN ROGNE.

BONUS : FAVORITE OF...

OGERETSU TANAKA

HAPPY OF THE END

HAPPY OF THE END tome 1 / FIN

HEIN ?
KAJI ?
AH !
!!!
VOUS...
VOUS ÊTES VRAIMENT RENTRÉS !
C'EST NORMAL D'ÊTRE ABSENT UNE JOURNÉE, NON ?
SNIF
SNIF
?
NON ! VOUS ÊTES ASOCIAUX !
EN PLUS VOUS RÉPONDIEZ PAS À MES MESSAGES !!!
J'AI VRAIMENT CRU QUE...
SNIF
JE SUIS DÉSOLÉ DE T'AVOIR DIT UN TRUC MERDIQUE !
J'ÉTAIS ÉNERVÉ DE M'ÊTRE FAIT QUITTER CE JOUR-LÀ !
JE SUIS COMME VOUS, AU FOND !

ÇA FAIT MAL, CHIHIRO.

J'AI MAL.
AH,
TU T'ES BLESSÉ !
J'AI MAL...
RAH...
FAIT CHIER, J'AI MAL !

TANT...
TANT MIEUX SI C'EST À CAUSE DE MOI.
HAO REN...
RESTE À MES CÔTÉS.

SI JE ME SUIS MIS À VOULOIR VIVRE...
EN ESPÉRANT DEVENIR HEUREUX...
C'EST À CAUSE DE TOI !

C'EST À CAUSE DE TOI.
C'EST PARCE QUE T'ES LÀ !

HAA...
HAA...
HAA...

CRIIIIIIII
MA PUCE !
JE T'AI DEMANDÉ D'ARRÊTER DE JOUER DU PIANO LE MATIN !
OUI MA-MAAN !!!
HOP
ピョコ
TACATA
ガタン…
TACAT-A
ガタン…
VRRR
ガッ
HAA…
HAA…
TACATA
HAA…

JE...
TACATA
TACATA
CLONG
CLONG
CLONG
TACATA
CLONG

CLONG
QU'EST-CE QUE TU FAIS ?
CLONG
JE DORS AUSSI.
POURQUOI ?
TACATA
TACATA
J'EN SAIS RIEN...
ÇA ME SOÛLE D'Y PENSER.
ET TOI ?
CLONG
CLONG

LAISSE-MOI ICI.
JE VAIS DORMIR.

HAO REN...
C'EST BIENTÔT L'HEURE DES PREMIERS TRAINS, C'EST DANGEREUX.

CLONG
CLONG
CLONG
CLONG
CLONG
CLONG
QUELQU'UN JOUE DU PIANO.
C'EST QUOI COMME CHANSON ?
CLONG
« À LA CLAIRE FONTAINE », JE CROIS.
CLONG
C'ÉTAIT ÇA LE RYTHME ?
OUI, JE CROIS.
TU VOIS ?
CELLE QUI FAIT « À LA CLAIREUH FONTAI-NEUH »...
AH OUAIS, AVEC LE ROS-SIGNOL.
OUAIS.
STOP
CLONG

D'ACCORD.
D'AC-
CORD...
CLONG
ポロン♪
CLONG
ポロン♪
CLONG
ポロン…♪

JE VEUX MOURIR.

PFFT... ON S'AMUSE BIEN.
JE M'ÉCLATE.
C'EST CLAIR.
JE N'AI PAS BESOIN DE PLUS.

TAC
TAC
TAC
ALORS, ÇA TE PLAIT ?
C'EST COMME SI ON AVAIT RÉSERVÉ.
TAC
TAC
ET SI ON TOMBE, C'EST GRAVE ?
OUAIS, ALORS TOMBE PAS !
D'AC-CORD...
JE FERAI ATTENTION.
GRAB
HÉ ! JE T'AI DIT QUE C'ÉTAIT DANGEREUX !
AT-TENDS !!!
TAC

AAAH...
FAIT FROID !
T'AS QUE DES VÊTEMENTS LÉGERS !
JE PENSAIS QUE ÇA SUFFIRAIT...
AH !
AVANT DE RENTRER...
ボート場
*Barques
ON POURRAIT MONTER DANS ÇA !
CHIHIRO ! ON FAIT UNE VIOLATION DE PROPRIÉTÉ !
T'INQUIÈTE, ON A QU'À LEUR FOUTRE DE L'ARGENT SUR LE COMPTOIR.
ヒョイッ
HOP
ON EN A PLUS !
ALORS TANT QU'ON LA REMET EN PLACE, ÇA PASSE !
Thank you
VIENS,
ALLONS-Y.

IL Y A UN ENDROIT OÙ J'AIMERAIS T'EMMENER.
FIIIOU
HEIN ?
BWAH HA HA !
C'EST BIZARRE.
T'ES TROP NUL !
ÇA FAIT QUE TOMBER DANS LA GOUTTIÈRE !
ZIOUUU
J'AI LA TECHNIQUE PARFAITE, POURTANT !
CLAC
JE PLEURE DE RIRE !
Hi hi hi !
JE VAIS TE MONTRER L'EXEMPLE !
C'EST MOI QUI TE BAISE SI JE FAIS UN STRIKE !
EUH...
FIOUUU
......
HI...
HI HI...
!
DÉJÀ 4H DU MATIN... BUVONS UNE DERNIÈRE FOIS !
ENCORE ?!
J'ACCEPTE, BUVONS !
TU T'EN-FLAMMES !!!

SI J'AVAIS ÉTÉ À SA PLACE...
SI J'ÉTAIS MÈRE...
JE...
CRR
グシャ
BREF,
J'AI ENVIE DE BOIRE. ALLONS-Y, CHIHIRO.
HEIN ? HÉ !
OÙ TU COMPTES ALLER ?
SUIS-MOI, CETTE FOIS.

EN FAIT, JE NE SAIS PAS VRAIMENT SI LA MORT DE MA MÈRE
EST QUELQUE CHOSE DE TRISTE.
JE N'AI QU'UN SEUL SOUVENIR D'ELLE ME PROTÉGEANT DURANT MON ENFANCE.
C'EST TOUT.
ELLE M'A FINALEMENT JETÉ POUR PARTIR AVEC UN HOMME.
ELLE NE S'EST MÊME PAS SOUVENU DE MOI QUAND ON S'EST RETROUVÉS.

TU M'AS VRAIMENT BOURRÉ...
JE T'AI PRÉVENU !!!
C'EST PARCE QUE T'ÉTAIS LÀ...
HAA...
FAISONS UNE PETITE PAUSE.
OUAIS. TU VEUX BOIRE DE L'EAU ?
S'IL TE PLAÎT.
BRRR
FAIT FROID.
IL FAIT FRAIS LE SOIR.
OUAIS.
TU SAIS...

BONJOUR !!!
AVEZ-VOUS DE LA PLACE EN TERRASSE ?
AH, OUI !
PSST
SI JE M'Y PRENDS BIEN, ON PEUT SE FAIRE PAYER DES VERRES.
LAISSE-MOI FAIRE, ON VA BOIRE JUSQU'AU BOUT DE LA NUIT !
.....
VOUS ÊTES TRÈS CHARMANTS ! JE VOUS FAIS UNE PETITE RISTOURNE !!!
MERCI !
.....
FIXE
QUELLES MANIÈRES... JE PEUX VRAIMENT COMPTER SUR LUI ?
VOUS ÊTES VRAIMENT TRÈS BEAUX, ON DIRAIT DES STARS !
AH OUI ? HA HA, C'EST PAS LE CAS !
BLA
VOUS VENEZ SOUVENT BOIRE ICI ?
BLA
C'EST LA PREMIÈRE FOIS !
BLA
TENEZ !!!
C'EST DE MA PART, BUVEZ !
AH...
EUH...
CLING

OÙ TU VEUX ALLER ?
EH BAH...
COMME TU VEUX !
BAM
MIAM
JE NE VIENS JAMAIS À CE GENRE D'ENDROITS.
SLURP
JE SAIS, MAIS C'EST BIEN !
IL FAUT SORTIR DE TEMPS EN TEMPS !
SLURP
POUR-QUOI FAIRE...
.....
.....
FIXE
.....
DÉPÊCHE-TOI DE MANGER !
AMEYAYOKOCHO
アメヤ横丁

CLAC
ガチャ
BONSOIR.
HEIN ?
TU T'ES RÉVEILLÉ ?
J'AVAIS LA DALLE.
SÉRIEUX ?
OUAIS, MAIS IL N'Y A PLUS RIEN À BOUFFER.
BON, ON À QU'A MANGER DEHORS
ET SORTIR APRÈS !
À CETTE HEURE ?
ALLEZ, POUR UNE FOIS !

C'est tout ce que je demande.
Rien que ça.
AAAH...
SCRSH
ジャリ…
J'AURAIS DÛ PRENDRE LE BOUQUIN S'IL ÉTAIT GRATUIT.

PFFT !!!
HA HA HA !!!
BWAH HA HA !!!
H A A ...
HA HA !
EUH... MONSIEUR ?
LA FERME. DÉGAGE, LA VIEILLE.
UN BOUQUIN QUI REND HEUREUX...
LA GROSSE BLAGUE.
Arrêtez de me traîter comme un déchet.
Ne faites pas comme si je n'existais pas.

VOILÀ POUR VOUS !
.....
SILENCE
ス————...
ÇA RAPPORTE QUE DALLE, CE TRAVAIL.
JE DEVRAIS ARRÊTER.
CLIC
カチ
FHHH
OTHERS
MONSIEUR, VOUS AVEZ UNE MINUTE ?
?!
QUOI ?
ÊTES-VOUS HEUREUX EN CE MOMENT ?
CONNAISSEZ-VOUS CE QU'EST LA JOIE ?
教
幸せのルール
Culte de...
Les règles du bonheur
EN LISANT CE LIVRE, VOUS POURREZ LE DÉCOUVRIR.

On ira à l'aquarium,
jouer avec les chats,
manger un bol de riz à la sardine...
Toi aussi, Hao Ren.
Ce serait bien que tu rentres avec moi.
PFFT.
HI HI...
HI...
HI HI...

Maman habitait ici avant !
Il y a plein de chats !
Oui ! C'est là que je vivais avant d'arriver ici.
Il y a aussi un aquarium.
C'est difficile car il y a plein de pentes...
Aujourd'hui, nous allons goûter...
le fameux bol de riz au poisson du coin…
J'aimerais bien y retourner quand je me marierai avec Ryû.

LA CHAÎNE S'EST ENCORE CASSÉE.

CLING
HAA

ET PUIS, TOI ET KEITO...
VOUS N'AVEZ AUCUN PROBLÈME CAR VOUS N'ÊTES PAS EXCLUSIFS.
C'EST VRAI. DÉSOLÉ.
AH !
TCH.
FAIT CHIER. ALLEZ, À PLUS.
......

OUBLIE-LA, VA !
NE TE FAIS PAS AVOIR PAR UNE MEUF PAREILLE À L'AVENIR.
TU NE COMPRENDS RIEN À L'AMOUR NORMAL, TOI.
QUOI ?
BAH, T'ES GAY ! KEITO AUSSI.
MOI, JE SUIS HÉTÉRO, C'EST PLUS COMPLIQUÉ QUE VOUS.

QU'EST-CE QUE T'AS FOUTU ?
C'EST MOI QUI T'AI RECOMMANDÉ, EN PLUS !
BLA
C'EST PLUS COMPLIQUÉ QUE ÇA...
IL Y AVAIT DES CIRCONSTANCES.
BLA
J'EN AI RIEN À FOUTRE !
BLA
PARDON...
SÉRIEUX... C'EST LE BORDEL.
JE ME SUIS FAIT JETER PAR MA COPINE EN PLUS.
PFF
VOUS VOUS ÊTES SÉPARÉS ?
OUAIS, ELLE M'A TROMPÉ.
HA HA !
C'EST UNE FILLE DE LA NUIT ? C'EST PAS ÉTONNANT.
GRR
C'EST NORMAL.

VOUS ALLEZ BIEN, MONSIEUR ?
VEUIL-LEZ NOUS EXCU-SER,
NOUS VOUS OF-FRONS ...
PARCE QUE TU CROIS QUE J'AVAIS L'INTENTION DE TE REVOIR ? CONNARD..
TU T'ES FAIT VIRER
PARCE QUE TU T'ES DISPUTÉ AVEC UN CLIENT ?

C'EST PARCE QUE JE SUIS GAY QUE C'EST MAL ?
C'EST QUOI, LA DIFFÉRENCE ?!
HEIN !
!
GRAB
LÂCHE-MOI !
ES-PÈCE DE...
PAF
BLAM
KYAAAH-!
JE NE VEUX PLUS
JAMAIS TE VOIR !!!

GRAND ...
GRAND FRÈRE.
EN QUOI ON EST DIFFÉ-RENTS, TOI ET MOI ?!

DE QUOI TU PARLES ?
ON L'A JETÉ DEPUIS LONGTEMPS.
SI TU ME RECROISES, NE VIENS PAS M'ADRESSER LA PAROLE.
JE NE VEUX PAS QUE T'AIES UNE MAUVAISE INFLUENCE SUR MES GOSSES.
ADIEU.

HEIN ?
SORTEZ AVANT MOI, VITE.
D'AC-CORD.
ON Y VA.
CRRR
ON PEUT ANNULER LA RÉSERVATION DU MENU ?
AH, JE VAIS VÉRIFIER...
JE... JE SUIS DÉSOLÉ...
C'EST RIEN. ON Y PEUT RIEN.
?!
GASP
DIS...
À PROPOS DU VIEIL APPAREIL QU'IL Y AVAIT À LA MAISON...

GRAND...
GRAND FRÈRE...
AH

BIEN, TOUT LE MONDE !
FAITES COMME DANS LE MANUEL ! SUIVEZ LE MANAGER !
OPEN
OUI !
DE L'ÉNERGIE ! DE LA MOTIVATION ! DES SOURIRES !!!
HÉ HÉ
HÉ HÉ
OUI !
KASHIWAGI, C'EST BIEN ÇA ?
OUI...
L'AMI DE KAJI !
TU ES GRAND ET PLUTÔT BEAU,
VA T'OCCUPER DE LA TABLE À CÔTÉ DE LA FENÊTRE, LÀ-BAS.
BONJOUR,
JE SERAI VOTRE SERVEUR POUR CE SOIR.

HÉ...
HAO REN...

J'AI ABAN...
J'AI ARRÊTÉ D'Y CROIRE.
TU M'EN-VOIES LES DÉTAILS DE L'OFFRE D'EMPLOI DE TON POTE ?
OUAIS, D'ACCORD !
MERCI. ALLEZ, À PLUS !
OUAIS...
CLAC
JE SUIS RENTRÉ.
DORS AU MOINS SUR LE LIT !
ROLL
T'as qu'à te barrer.
......

TU CROIS ?
VOUS N'AVEZ PAS ENCORE DÉCIDÉ DE VOTRE NOUVEL APPART ?
HEIN ?
BEN, T'ES PAS OBLIGÉ DE TRAVAILLER.
TU PEUX TE TROUVER UN AUTRE GARS AUQUEL T'ACCROCHER ET TE BARRER DE LÀ.
M'ENFIN ! C'EST PEUT-ÊTRE BIEN QUE TU SACHES CE QUE ÇA FAIT D'ÊTRE SALARIÉ, UN PEU !
HO HO HO
GRR
PAR-DON ?
J'AI PAS ÉTÉ AU CHÔMAGE TOUTE MA VIE, TU SAIS !
J'AI ÉTÉ ASSISTANT-PHOTOGRAPHE.
HEIN ? SÉRIEUX ? OÙ ÇA ?
AH OUAIS ? TU VOULAIS FAIRE ÇA COMME TAF ?
J'AURAIS AIMÉ...
MAIS C'EST SUPER DUR,
ON M'A DIT QUE J'AVAIS AUCUN TALENT.
J'AI FINI PAR LE CROIRE MOI-MÊME.

UN TRAVAIL À TEMPS PARTIEL ?
OUAIS...
LA NUIT ?
PEU IMPORTE, EN FAIT.
TU ARRIVERAS À TENIR, LE SOIR ?
.....
AH, C'EST VRAI QU'UNE DE MES CONNAISSANCES
M'A DIT QU'ELLE ALLAIT BIENTÔT OUVRIR SON RESTO. ILS CHERCHENT DES SERVEURS.
VRAIMENT ?!
SÉRIEUX ? JE VEUX ESSAYER !
J'IMAGINE PAS L'ÉTAT DE KEITO, POUR QUE TU TE METTES À TRAVAILLER.
C'EST VRAI...
SA MÈRE ÉTAIT CONFUSE À CAUSE DES MÉDICAMENTS ET A SAUTÉ DU HAUT DE L'IMMEUBLE.
IL AVAIT UN SACRÉ COMPLEXE D'OEDIPE.
JE SAIS MÊME PAS SI C'ÉTAIT SA VRAIE MÈRE.
ON S'EN FOUT, NON ?
QUE CE SOIT VRAI OU FAUX.

ep.06

Il ne mange pas et ne travaille plus.
Il reste enfermé ici,
sans me parler non plus.
DIS...
TU NE VEUX PAS...
ME TOUCHE PAS.

ep.06
HAO REN... MANGE UN PEU.
TU NE VAS PAS TENIR, SINON.
.....
DÉSOLÉ,
J'AURAIS DÛ TE FAIRE DE LA BOUILLIE DE RIZ.
J'EN VEUX PAS.
Il est dans cet état depuis ce jour.

MAMAN...

Hao Ren.
Mon fils adoré.

PIN PON
IL Y A UNE SACRÉE FOULE.
J'EN SAIS RIEN...
PIN PON
C'EST PAS VRAI !
ELLE EST MORTE ?
C'EST LA PREMIÈRE FOIS QUE JE VOIS UN CADAVRE !
TOUT LE MONDE LA PREND EN PHOTO !
LA POLICE EST ARRIVÉE !
PIN PON
C'EST QUI CETTE VIEILLE ?
C'EST PAS L'AUTRE FOLLE ?
TU SAIS, LA DROGUÉE QUI FAIT LE TROTTOIR...
PIN PON

C'EST UN NOM QUI EST FACILE À PRONONCER !
C'EST NUL COMME RAISON !
ÇA N'A AUCUN SENS !
C'EST PAS NUL ET C'EST TRÈS BEAU.
TCH
HUM ?
BLA
BLA
QU'EST-CE QUI SE PASSE ?
BLA

LE PREMIER IDÉOGRAMME SIGNIFIE « GRAND LAC ».
APPAREMMENT, C'EST UN NOM QU'ON DONNE QUAND ON SOUHAITE QUE LES PERSONNES SOIENT COMME UN GRAND LAC TRANQUILLE.
C'EST JOLI.
T'AS QUE ÇA À FOUTRE ?
ET TOI, TU CONNAIS LA SIGNIFICATION DE TON NOM ?
QUOI ? NON.
COMMENT TU PEUX CONNAÎTRE LA MIENNE MAIS PAS LA TIENNE ?
ALORS JE VAIS RÉFLÉCHIR À SA SIGNIFICATION.
HUM… POURQUOI TU PORTES CE NOM…
HÉ HÉ
HEIN ?
TU VAS DIRE N'IMPORTE QUOI !

HAO REN !
OUAIS ?
TU DISAIS QUOI ?
J'AI PAS ENTENDU.
JE DISAIS QUE...
EST-CE QUE TU CONNAIS L'ORIGINE DE TON NOM,
HAO REN ?
PAS DU TOUT.
L'AUTRE JOUR, J'AVAIS UN PEU DE TEMPS
ET J'AI CHERCHÉ CE QUE ÇA VOULAIT DIRE.

Oui.
Maman aussi,
Hao Ren.

Maman...
T'es qui, toi ?!
Maman !
Lâche-moi ! Je suis occupée !
C'est Hao Ren...
Maman !
Hao...
Qu'est-ce que tu fais ici ?
J'attends un client ! Lâche-moi !
À moins que tu veuilles me payer ?! J'ai pas d'argent !
Tu n'as pas d'argent ?
Tiens...
maman.
Je suis si content de te revoir.

Je vois que tu t'es déjà habitué au travail.
Ouais.
UNE CLOPE ?
MERCI.
Les escortes disent de toi que t'es un sacré beau gosse.
J'ai encore jamais eu de relation.
FUUH
......
Un beau gosse comme toi ?
Keito ?
Hé !
Où tu vas comme ça ?
ジャリ TAP
Maman...
Quoi ?!
Ah !
ガッ GRAB

Si tu cherches un travail de nuit,
contacte-moi !
Tu gagneras plein d'argent.
Je pourrais te conseiller pour n'importe quoi.
D'accord...
Vous ressemblez à un chanteur.
Ah oui ?
Allez, à plus !
YO !
Hé ! Keito !
Kaji !

Je sais...
Moi, ça va.
Tant mieux, alors.
Matsuki, merci.
Je vous rappelle plus tard.
Haa !
Haaa ...
Hé ! Toi !
Qu'est-ce que tu fais devant ma bagnole ?
FRSH
.....
Hein ?
Je te reconnais, toi...
T'as pas un autre taf à me présenter ?
Guéris tes blessures, avant.

Arrête.
Ne me regarde pas comme ça.
Haaa
Haaa
Hayato ? Où t'es passé ?
....
Tu sais qui je suis ?
Ouais.
Mat-suki...
Haaa
C'est ça ! Où t'es ?!
Maya a été arrêté pour les médocs et pour son business.

Vous ne voulez pas lui faire un peu de chirurgie esthétique ?
C'est impossible.
On verra s'il ne retrouve pas son physique normal.
Tu me coûtes de la thune !
Tu fais chier.
Il m'observe.

Ouah...
Tu pues.
Ah ouais, ça craint là...
Il guérit toujours pas...
Hé oh, Hayato !
Tu peux pas marcher tout seul ?
J'ai pas envie de te toucher, aujour-d'hui...
Berk.

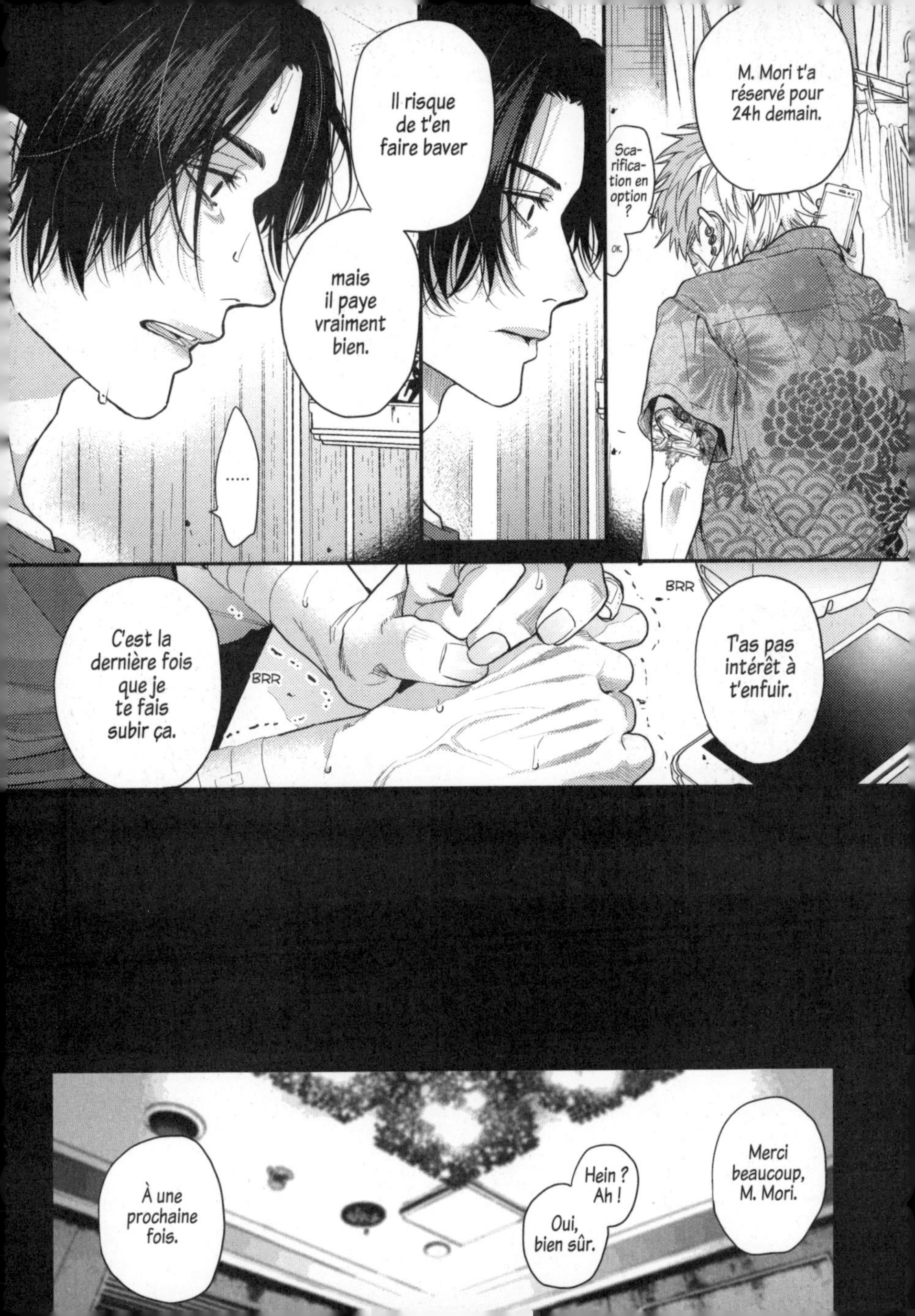
M. Mori t'a réservé pour 24h demain.
Scarification en option ?
OK.
Il risque de t'en faire baver
mais il paye vraiment bien.
.....
BRR
T'as pas intérêt à t'enfuir.
C'est la dernière fois que je te fais subir ça.
BRR
Merci beaucoup, M. Mori.
Hein ? Ah !
Oui, bien sûr.
À une prochaine fois.

L'espoir m'effraie bien plus.
Je voudrais vivre une vie normale.
Devenir heureux.
Ce genre de choses...
Hé, Hayato !

C'est affreux.
Ça n'a même pas de goût.
Tu vas le vomir de toute façon alors on s'en fout.
La vieille n'est pas contente si je fais un truc en sauce.
Mange le reste, au pire.
Au fait, ton œil est guéri ?
Pas encore.
Montre-moi.
Tu commences à mettre du temps à guérir.
T'es un mec, pourtant.
Des choses sales ou qui font mal, j'en ai expérimenté des tas.
La douleur et la peur sont des sentiments inévitables.

Hayato, tu vas bientôt partir d'ici, non ?
Oui.
Tu ne veux pas devenir mon petit chien ?
J'ai déjà trouvé du travail,
désolé.
Le club SM de Maya ?
Il paraît qu'il n'y a que des V.I.Ps,
je suis sûr que vous y avez votre place, Matsuki.
Peut-être...
Ça ne me dit rien, le SM.
Je préfère refuser.

Prends soin de toi,
Hao Ren.
Parce que c'est ce que font les mamans.
Maman.
Disparais.
Maman...
Maman...
PLAF
FSHHH
Aïe...

Je ferais n'importe quoi.
Haa...
Attends ici.
Oui, allô ? Maya ?
J'ai un gars là...
D'ac-cord.
Je te le ramène.
La peau d'un jeune garçon...
C'est tellement agréable...
Hao Ren, tu dois dire au revoir à maman.
Maman
m'aimait et me protégeait.
Va vivre chez ton père !

Tu veux quoi ?
BLA
ザワ
BLA
ザワ
BLA
ザワ
Tu cherches du taf ?
Arrête,
rentre chez toi, gamin.
FLAP
FLAP
Je ne peux pas...
Je n'ai plus de maison.
.....
Un travail...
T'es un gars mais t'es jeune.
.....
Tu es sûr que tu veux n'importe quel travail ?
Oui.

TON ANCIEN...
BREF, CHIHIRO.
SOIS CONTENT !
?
C'EST DU PARQUET, ICI.
ON POURRA METTRE UN LIT.
SÉRIEUX ?!
TROP BIEN !
OUAH !
パッ
C'EST POUR LE SEXE.
POUR DORMIR, CE SERAIT DÉJÀ PAS MAL.
J'AI LA DALLE, T'AS PAS FAIM ?
FAUT FÊTER LE DÉMÉNAGEMENT !!!
TU VEUX MANGER QUOI ?
DU CHINOIS !
PFFT... D'ACCORD.
ALLONS-Y.

HAA...
T'ES VRAIMENT UN MEC CHELOU TOI, PRÉVENIR ET DÉMÉNAGER EN UN SEUL JOUR !
ON A RÉUSSI, TU VOIS ?
PARCE QUE JE TRAVAILLE PAS, OUAIS !
CET ENDROIT EST PIRE QU'AVANT...
TU KIFFES LES APPARTS MITEUX OU QUOI ?
C'EST LE SEUL ENDROIT QUE JE PEUX ME PERMETTRE DE LOUER.
POURQUOI ON A DÛ SE DÉPÊCHER ?
UN MEC DE MON ANCIEN TRAVAIL A TROUVÉ OÙ J'HABITAIS.

QU'EST-CE QUE TU VEUX ?!!!
TU M'IGNORES ?
VA CREVER !
CLAC
ガラ
JE SUIS LÀ.
CHIHIRO.
ON DÉMÉNAGE DEMAIN.
QUOI ?!
QU'EST-CE QUE TU RACONTES ? C'EST TROP TÔT !
JE SUIS LÀ DEPUIS TROP LONGTEMPS.
REGROUPE TES AFFAIRES.
DÉPÊCHE-TOI.
.....

AH !
T'AS DU TEMPS LIBRE, GARÇON ?
NON, PAS VRAIMENT...
ÇA A ÉTÉ L'AUTRE JOUR ?
HEIN ?
L'AUTRE JOUR ?
AH.
ELLE NE DOIT PAS SE RAPPELER...
QUAND VOUS ÊTES VENUE VOIR HAO REN, VOTRE FILS...
FUIP
MON FILS ?
CELUI QUE VOUS RETROUVEZ CHAQUE SEMAINE !
AH !
YUKICHI !
HIPS
IL ME DONNE TOUJOURS DE L'ARGENT.
T'ES LE FILS DE YUKICHI ?
HIPS...

HAO REN ?
ÇA VA PAS ?
C'EST RIEN,
J'AI UN APPEL À PASSER POUR LE TAF.
?!
D'AC-CORD...
RAH, FAIT CHIER !!!
C'EST LOURD !!!
J'AI ACHETÉ TROP D'ALCOOL !
IL VA SE FOUTRE EN COLÈRE !
HAA ...
?!

DIS, HAO REN...
NEW!
きのこの山
TU NE FAIS QUE MANGER ÇA EN CE MOMENT...
CHOMP
CHOMP
JE LES AIME BIEN.
C'EST DINGUE !
T'EN AVALES EN MASSE.
AH !
AU FAIT, REGARDE !
CHOMP
QUOI ?
FUIP
J'AI FAIT DÉVELOPPER LES PHOTOS !
JE PENSAIS QUE C'ÉTAIT IMPOSSIBLE VU QU'IL ÉTAIT TREMPÉ
MAIS JE SUIS TROP CONTENT ! J'AI PRIS UNE BELLE PHOTO.
AH OUI ?
T'EN AS RIEN À FOUTRE, HEIN ?
IL Y A BEAUCOUP DE PHOTOS BIZARRES QUE LA PERSONNE A PRISE...
REGARDE ÇA,
TU TROUVES PAS QUE C'EST DÉGUEU ?

J'EN SAIS RIEN !
GASP
NGH...
SLURP
HFF...
GRAB
AÏE !
ME MORDS PAS, ABRUTI.
SI !
AHM !
T'ES CHIANT !!!
PLAF
AÏE !
HEIN ?
ME DIS PAS QUE...
C'EST CE QUE JE PENSE.
AH !
SI !
J'AI ACHETÉ DES GÂTEAUX !
POUR QU'ON PUISSE EN MANGER.
Je te baiserai plus tard !
CONNARD !
J'en veux pas de tes merdes !

TAC
カチ
TAC
カチ…
TAC
カチ…
JE SUIS RENTRÉ.
CLAC
SURSAUT
OUAH !!!
POUR-QUOI TU FLIPPES COMME ÇA ?
T'ES ENCORE EN TRAIN D'ENVOYER DES MESSAGES À UN GARS ?
N'IM-PORTE QUOI !
ET PUIS,
QU'EST-CE QUE ÇA PEUT TE FOUTRE ?
FLAP
GRR

ep.05

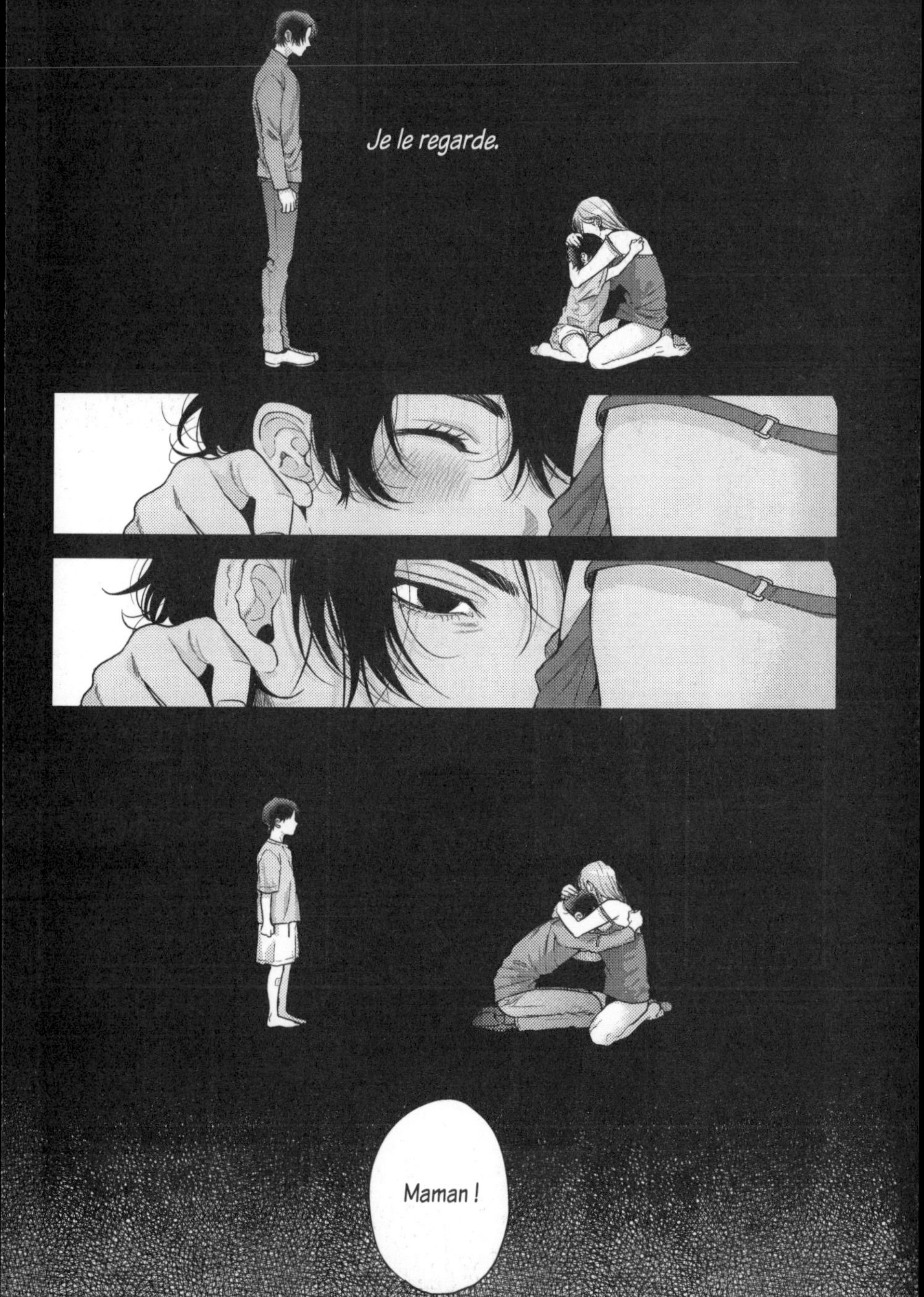
Je le regarde.
Maman !

Regarde...
T'as juste à lécher là.
À chaque fois,
c'est comme si je me voyais depuis l'extérieur.
Qu'est-ce que tu fous ?! Connard !
KOF
KOF
Dégage de chez moi !
Ce pauvre
et malheureux enfant.

LE SEXTOY, T'ES BÊTE OU QUOI ?
TU PUES LA BIÈRE.
C'EST DE TA FAUTE.

T'ES PAS PARTI PRENDRE TA DOUCHE ?
TU PRÉFÈRES QUOI ENTRE LE DÉCHET ET LE SEXTOY VIVANT ?

À PLUS.
BYE BYE.
HEIN ?
IL S'EST PASSÉ QUOI LÀ ?
JE VOULAIS JUSTE BOUFFER DE LA VIANDE...
HAO REN !

HEIN ?
MAIS...
TU M'AS DIS QUE TU RESTERAIS AVEC MOI TOUTE MA VIE.
MÊME SI C'ÉTAIT UN MENSONGE,
ÇA M'A RENDU TRÈS HEUREUX.

CLAC
EUH...
MONSIEUR ?
BLA
C'EST QUI, LUI ?
BLA
BLA
ÇA VA, CHIHIRO ?
ALLONS PRENDRE UNE DOUCHE...
FUIP..
NON.
QUOI ?
JE NE VEUX PLUS ALLER
NULLE PART AVEC TOI.

HÉ !
QU'EST-CE QUE VOUS FOUTEZ ?!
T'ES VENU RECHERCHER UN DÉCHET QUE T'AS JETÉ ?
T'AS L'ESPRIT ÉCOLO TOI, NON ?
ET TOI...
TU COMPTES RESTER AUSSI MISÉRABLE TOUTE TA VIE ?

je ne vaux rien.

ne m'a jamais aimé.
TU VAS AU TAF ?
Pas même un seul instant.
Mais je veux être aimé...
ON Y VA, D'ACCORD ?
alors il peut continuer à faire semblant.
Parce que,
D'AC-CORD.
de toute façon,

BEN…
IL S'EST PASSÉ PAS MAL DE CHOSES.
AU FOND,
JE T'AIMAIS VRAIMENT, TU SAIS !
TU NE VEUX PAS QU'ON AILLE À L'HÔTEL APRÈS ?
EN FAIT…
JE…
Je fais semblant de ne pas com-prendre
mais je l'ai toujours su.
ATTENDS, CHIHIRO !
Je le savais mais je ne voulais pas le reconnaître.
Du début de notre relation jusqu'à la fin...
CHIHIRO !!!
Shun'ichi...

OUAIS !
J'AI MON FILS QUI EST NÉ IL Y A PAS SI LONGTEMPS QUE ÇA.
MA FEMME ET LUI FONT TELLEMENT DE BRUIT, JE NE ME SENS PLUS VRAIMENT CHEZ MOI.
EN PLUS, ON BAISE PLUS, C'EST TROP CHIANT.
JE SUIS ALLÉ AUX PUTES POUR LA PREMIÈRE FOIS L'AUTRE JOUR !
T'Y CROIS, ÇA ?
M'ENFIN, C'ÉTAIT JUSTE POUR UN SOIR.
ALLEZ, SANTÉ !
POURQUOI
TU T'ES MARIÉ ?

AH, MERCI POUR LES FLEURS.
ÇA VEUT DIRE QUOI TOUT ÇA ?
LES FLEURS, LE RESTO...
J'ÉTAIS HEUREUX DE TE REVOIR !
JE ME SUIS UN PEU EMBALLÉ ET J'EN AI ACHETÉ.
J'AURAIS PAS DÛ ?
AH, EUH... NON...
SERRE
ÇA VA, TOI, DEPUIS LE TEMPS ?

TU BOIS QUOI, KEITO ?
PEU IMPORTE.
UNE BIÈRE PRESSION, S'IL VOUS PLAÎT.
ÇA FAIT LONGTEMPS ! T'AS MAIGRI !
OUAIS...
JE SUPPOSE.

JE VAIS ENFIN ME FAIRE INVITER !
TROP CONTENT
ZIEUTE
C'EST RARE QUE TU M'INVITES, QU'EST-CE QUE TU VEUX ?
Il doit crever la dalle, le connaissant !
J'EN SAIS RIEN.
OÙ EST CHIHIRO ?
POURQUOI TU ME DEMANDES ÇA ?
IL N'ÉTAIT PAS LÀ QUAND JE ME SUIS LEVÉ CE MATIN.
IL EST DE MAUVAISE HUMEUR...
AH !
C'EST LUI, LÀ-BAS !
C'ÉTAIT AUJOURD'HUI QU'IL DEVAIT MANGER AVEC SON EX !
SILENCE
OÙ EST-CE QU'ON VA NOUS ?
J'AI UNE SOUDAINE ENVIE DE POISSON.
HEIN ?!
ARRÊTE, ON DEVAIT MANGER DE LA VIANDE !
LA FERME. T'AS QU'À ALLER BOUFFER TOUT SEUL SI T'ES PAS CONTENT.
ENFOIRÉ !
ARRÊTE, ROOH !

Vendredi Météo
BLA
BLA
Ne pleure pas, je vais me sentir coupable.
TAP
CHIHIRO !!!
OUAH ! ÇA FAIT SUPER LONGTEMPS !

SQUISH
!
OÙ TU VAS, COMME ÇA ?
.....
PRENDRE UNE DOUCHE.
AH...
JE VOIS.

HAA...
SERRE
NE PLEURE PAS.
JE VAIS ME SENTIR COUPABLE.

T'ES COMME UN SEXTOY VIVANT...
AH !
Je vais me marier.
HAA...
NGH
GAH...
NGH...
AH !
Désolé.
Je ne peux pas rester avec toi.
MMH !
AH
NGH !
GRAB
D'AILLEURS,
TU NE RIPOSTES MÊME PAS.

DÉPÊCHE-TOI.
J'AI COMPRIS, LA FERME.
HAA...
NGH...
FUIP
GNH...
GAH !
BRR
NGH...
Haa
PLOC
ARGH...
SNIF...
PAF
T'ES LONG !
GAH !
AÏE !
NON...
J'AI MAL...
Haa...
PAF
ALLEZ, BOUGE.
BRR
Aah...
BRR
AH !
GAH !
AOUCH
HAA...
T'ES LE GENRE DE TYPE...
À FAIRE TOUT CE QU'ON TE DEMANDE, HEIN ?

SLURP
NGH...
PAF
!
HFF !
PAF
PAF
HFF...
GNNH !
GARGL
NGH !
PAF
PFUAH...
KOF
SPLURT
PLIC
KOF...
QU'EST-CE QUE TU FOUS ?!!!
TOURNE-TOI, RENTRE-LA ET BOUGE TON CUL.
.....

CLAC
BON-SOIR.
AH !
OH, SALUT !
FLAP
TU VEUX MANGER UN TRUC ?
JE PRÉFÈRE QUE TU ME GOBES LA BITE.
HEIN ?
JE TE DEMANDE DE ME SUCER.
J'AI TROP PATIENTÉ.
AH, EUH... D'ACCORD.

On ne sort pas ensemble
et il n'a pas l'air de vouloir qu'on aille plus loin.
JE VAIS ENFIN POUVOIR LUI DEMANDER...
Pourquoi
tu t'es marié ?
Shun'ichi.
Est-ce que...
tu m'aimais vraiment ?

HEIN ?
POURQUOI HA... EUH, KEITO ?
M'ENFIN... S'IL EST D'ACCORD, JE PEUX RIEN DIRE.
EUH...
Qu'est-ce que Hao Ren
D'accord. Je te suis.
dirait de ça ?
Est-ce qu'il me dirait de laisser tomber, comme Kaji ?
TING !
TING !
TING !
Trop content. J'ai hâte.
Demain, ça te dit ? C'est vendredi en plus.
Devant la gare de Shinjuku vers 20h.
On pourrait manger des fruits de mer !
AH OUAIS...
IL A PAS LE TEMPS.
Non, il ne dirait pas ça.
Je suis sûr qu'il serait d'accord.

C'EST QUOI ÇA ?
PLAF
N'Y VA PAS !
HEIN ? POURQUOI ?
PARCE QUE ÇA A L'AIR D'ÊTRE AUTANT UN ENFOIRÉ QUE MOI.
FHHH
NE TE COMPARE PAS À LUI.
JE CROIS QU'IL EST ENCORE PIRE QUE MOI, MÊME.
TIIING
PLAF
ET C'EST QUOI, UN GAY ?
IL EST BI.
OSLO BATTING
IL DOIT KIFFER CHOISIR ENTRE LES GARS ET LES FILLES...
BREF, LA NOSTALGIE EST SOUVENT TROMPEUSE.
D'AILLEURS,
KEITO EST D'ACCORD AVEC ÇA ?

CUI
チュン
CUI
チュン
ARGH...
MMH...
HEIN ? OH...
HAO REN A SÛREMENT DÛ RENTRER.
FLAP
!!!
ガバッ
CLAC
.....
HAAH...
IL NE VA PLUS M'ENVOYER DE MES-SAGES...
TING !
TING !
Désolé pour hier soir.
J'aimerais te revoir. On pourrait prendre un verre ensemble ?
......
HEIN ?

RHOON
RHOOOON
PSHHHT
.....
QU'EST-CE QU'IL A ENCORE FOUTU ?
FLAP
TAP
TAP
?!
TAP
TAP
IL NE S'EST PAS DÉCONNECTÉ DE LINE.
C'EST VRAIMENT UN SACRÉ IDIOT...
.....
TAP

BOBOM
POURQUOI IL M'APPELLE ?
BOBOM
TING
BOBOM
BOBOM
!!!
Désolé.
Je voulais juste entendre ta voix.
BOBOM
BOBOM
TING
Tant mieux si tu vas bien.
Bonne nuit.
.....
C'ÉTAIT QUOI, ÇA ?
.....
RAAAH !!!

Je ne t'abandonnerai jamais.
Je serai toujours à tes côtés, Chihiro.
Ça va.
TU LU LU
Shun'ichi Maeda
Appel entrant
Répondre
HEIN ?
QU… QUOI ?
JE PEUX PAS !
NON !
TUDUM
Annuler
CAPS
KANA

TAC
AH !
LINE
Se connecter (mail)
Se connecter (QR code)
se connecter
Se connecter avec votre numéro de téléphone
Oubli du mot de passe
OH, J'AI REÇU PLEIN DE MESSAGES !!!
DING
TAC
TAC
AH, QUE POUR LE TRAVAIL...
HA HA HA
LINE
LINE Pay
Shun'ichi Maeda
Shuni'chi Maeda vous a envoyé un mes
n'ichi Maeda
ni'chi Maeda vous a envoyé un tampon.
2
TING
Ça fait longtemps, Chihiro.
Ça va ? mdr
je t'aime.

AH, MAIS,
JE NE LUI AI PAS...
J'EN SAVAIS RIEN, DONC NON.
MAIS SI TU VEUX,
TU PEUX UTILISER MON PC POUR CE QUE TU VEUX, PAS SEULEMENT LES FILMS.
QUOI, SÉRIEUX ?!
JE VAIS ENFIN POUVOIR TUER LE TEMPS, MERCI !
ET FUME TES CLOPES SUR LE BALCON.
OUAIS, OUAIS.
C'EST QUOI ÇA...
J'AI ENLEVÉ LE MOT DE PASSE, TU PEUX L'UTILISER QUAND TU VEUX.
NE REGARDE PAS DES TRUCS CHELOU, HEIN !
MAIS NON !
Peut-être...
QU'EST-CE QUE JE POURRAIS FAIRE ?
REGARDER YOUTUBE...
AH, C'EST VRAI QU'ON PEUT INSTALLER LINE SUR LE PC AUSSI.
TAC
TAC
MON MOT DE PASSE...
C'ÉTAIT QUOI DÉJÀ ?
TAC

SALUT ! C'EST LA PREMIÈRE FOIS QUE JE VIENS DANS TON NOUVEL APPART.
C'EST TOUJOURS AUSSI MORNE.
Merde
T'AS QU'À M'OFFRIR DES MEUBLES !!!
Yo !
T'ES CON OU QUOI ? C'EST MÊME PAS TON ANNIV.
PAR CONTRE, C'EST LE MIEN LE MOIS PROCHAIN ! J'ATTENDS TON CADEAU.
TU RÊVES.
IL M'EN A PAS OFFERT À MOI NON PLUS !
SI TU DIS ÇA,
C'EST QUE TON ANNIV EST DÉJÀ PASSÉ ?
OUAIS !
C'ÉTAIT LA SEMAINE DERNIÈRE !
SÉRIEUX ? T'AURAIS PU ME LE DIRE, JE T'AURAIS OFFERT UN TRUC.
TU M'ÉCOEURES. JE VEUX BIEN UN RASOIR ÉLECTRIQUE.
UN ÉPILATEUR, C'EST NOTÉ !
UN RASOIR, J'AI DIT !
T'AS FAIT UN TRUC POUR LUI, KEITO ?
.....

IL LOUAIT L'ÉTAGE D'UN IMMEUBLE.
SÉRIEUX ?!!!
ET POURQUOI T'AS ÉTÉ EXPULSÉ DE LÀ ? C'EST DOMMAGE.
JE COUCHAIS AVEC D'AUTRES GARS
ET J'ALLAIS CLAQUER SES THUNES AU CASINO.
T'AS VRAIMENT TOUT L'ATTIRAIL DU PAUVRE TYPE.
BEN...
MATSUKI N'ÉTAIT PRESQUE JAMAIS LÀ.
J'ÉTAIS TOUJOURS TOUT SEUL.
J'AVAIS PEUR...
DE FINIR MA VIE COMME ÇA.
QU'EST-CE QUE KAJI FOUT LÀ ?

VOUS AVEZ DE SACRÉES OCCUPATIONS.
N'EST-CE PAS !!!
MINCE, JE VAIS DEVOIR Y ALLER !
CONTENT DE VOIR QUE VOUS ALLEZ BIEN, MATSUKI. J'ATTENDS VOTRE INVITATION POUR LA PROCHAINE FOIS !
TU NE COÛTES PAS TRÈS CHER.
TU DEVRAIS MANGER PLUS !
C'EST DE LA VIANDE QU'IL TE FAUT !
viande
du pays
Beef Jerky
C'ÉTAIT CE MATSUKI ?
HEIN ? TU LE CONNAIS ?!
OUAIS, IL EST CÉLÈBRE
DANS LE MONDE DE LA NUIT.
AH BON...
DONC T'ÉTAIS SON PETIT CHIEN, C'EST DINGUE NON ? TU DOIS ÊTRE UNE PERLE RARE.
JE M'INTÉRESSE PAS AUX MECS, DONC J'Y CONNAIS RIEN.
N'IMPORTE QUOI, TAIS-TOI !
IL Y AVAIT D'AUTRES GARS EN PLUS DE MOI.
J'AVAIS MON APPART DONC JE LES CROISAIS RAREMENT.
甘くない
C'EST UN PALACE, SA BARAQUE ?

C'EST TOI QUI L'AS RECUEILLI, NON ?
AH...
IL VA BIEN.
POURQUOI EST-CE QUE VOUS N'AVEZ PAS CHERCHÉ À LE RÉCUPÉRER QUAND JE L'AI TROUVÉ ?
JE PENSAIS QUE VOUS VOULIEZ QUE JE VOUS LE RAMÈNE.
UN CHIEN QUI S'ENFUIT UNE FOIS N'EST PLUS BON À RIEN !
JE L'AIMAIS BEAUCOUP, TU SAIS...
JE LUI AVAIS MÊME FILÉ UN APPART ENTIER.
ET QUAND JE RENTRAIS TARD LE SOIR,
JE LE VOYAIS PLEURER EN FUMANT SA CLOPE SUR LE BALCON.
J'ADORAIS ENTENDRE SES SANGLOTS...
IL SERA MALHEUREUX TOUTE SA VIE.

FSHHH
ジュウウウウ
TU SAIS, TON APPART...
C'EST VRAIMENT PARCE QUE C'EST TOI QUE JE TE LE LOUE !
NORMALEMENT, TU POURRAIS JAMAIS LOUER
UN TRUC PAREIL !
JE VOUS EN SUIS TRÈS RECONNAISSANT.
ÇA FAIT LONGTEMPS QU'ON SE CONNAÎT, HAYATO
PARDON, C'EST KEITO MAINTENANT.
APPELEZ-MOI COMME VOUS LE SOUHAITEZ.
COMMENT IL VA, LE PETIT CHII ?
QUI ÇA ?
CHIHIRO KASHIWAGI.

ep.04

Ah,
c'est ton type de gars là, non ?
Arrête !
Ben quoi ?
カラオケワールド
Il couche avec tout le monde pour choper leurs thunes... T'approche jamais de lui.
Ouah ...
J'ai entendu dire qu'il s'était fait jeter par son copain.
Dis-moi...
C'est toi, Chihiro ?
Hein ? Ouais.
ZIEUTE
ギ...
J'ai entendu parler de toi. T'aimes bien coucher et t'es plutôt doué avec tes mains.
Ah bon...
Tu veux venir chez moi ?
J'adore les tocards dans ton genre.
Vous faites de parfaits animaux de compagnie.
Si tu restes sage, je m'occuperai bien de toi.

Wedding Invitation
Syunichi & Kana
From the bottom of our hearts,
we thank you for your presence at one of the
most important moments in our lives.
C'est une blague ?
Pourquoi ?
Comment tu peux...
Pourquoi ?
Pourquoi ?
rire comme ça ?

On ne peut pas trouver l'amour là où il n'existe pas
et on ne peut pas le faire disparaître quand il est en profusion.
Je vais bientôt y aller !
Hein ?
Pourquoi ? T'as fini le taf, pourtant ?
J'ai pas mal de choses à faire.
De quoi tu parles ?
Désolé, allez, on se voit plus tard !
Je t'aime.
ep.04

Happy of the End

Ogeretsu Tanaka

HA… HAO REN.
OUI.
NE L'OUBLIE PAS,
S'IL TE PLAÎT.
D'ACCORD…
HAO REN.

HAO REN.
C'EST MON VRAI PRÉNOM.

C'EST UNE TRÈS VIEILLE CONNAISSANCE.
AH,
ET C'EST POUR ÇA QU'IL M'A DEMANDÉ DE TE CHERCHER.
PARCE QU'IL AURAIT ÉTÉ DANS LA MERDE SI SA CARTE AVAIT ÉTÉ TROUVÉE PAR QUEL-QU'UN.
C'EST PAS UNE RAISON POUR ME FRAPPER AVEC UN SEXTOY !
HI HI...
RIGOLE PAS !
DONC TA MÈRE...
EST CHINOISE.
ET JE NE M'APPELLE PAS KEITO.
HEIN ?

Heureux les pauvres de cœur, car le Royaume des Cieux est à eux.
APPAREMMENT JE SUIS L'ENFANT D'UN DE SES CLIENTS. J'AI VÉCU AVEC ELLE JUSQU'À MES 10 ANS.
IL S'EST PASSÉ PAS MAL DE CHOSES ET ON S'EST ÉLOIGNÉS.
J'AI COMMENCÉ À CHERCHER DU TRAVAIL VERS MES 15 ANS...
Qu'on soit bons ou mauvais, la pluie nous mouille de la même façon.
LA CARTE NOIRE.
?!
C'EST UNE CARTE DE MEMBRE, EN FAIT.
POUR FAIRE SIMPLE,
C'EST LA CARTE D'UNE MAISON CLOSE AVEC DES MINEURS.
SÉRIEUX...
J'AI COMMENCÉ À TRAVAILLER LÀ-BAS
ET CELUI QUE TU AS VOLÉ, MATSUKI, ÉTAIT L'UN DE MES CLIENTS.
C'EST UN AS DE L'IMMOBILIER, JE LUI SUIS ENCORE REDEVABLE AUJOURD'HUI.

Les meilleurs salons de
La longue queue qui se dessinait derrière lui était remplie d'invalides.
Des centaines de personnes aux dos courbés par leur dur labeur, qui lançaient des jurons à travers la foule.
C'EST BIEN ?
Certains dans la file d'attente se moquaient même de lui.
BOF, C'EST CLASSIQUE.
AH OUAIS...
MERCI...
POUR AUJOURD'HUI.
HEIN ? C'EST TOI QUI M'AS AIDÉ.
NON, JE TE PARLE DE MA MÈRE.
AH...
MA MÈRE VIENT DE CHINE
ET TRAVAILLAIT EN MAISON CLOSE.

MMH...
Ngh...
NGH!
SPLIC
NGH!
HFF
NNGH!!!
Gah...
SLURP
NNGH...
MMH!
HFF...
NGH!
PAF
PAF
HAA...
SLURP
HAAH...
HAA...
PAF
PAF
AH!
AH!
BRR
GAAH... T'ES BON!
BRR
JE VAIS JOUIR!
JE...
AH!
T'ES BON...
HA HA...
HAA...
NH! AH!
SPLURT!
HAN!!!
BRR
BRR
HA HA HA...
ON AURAIT DÛ ACHETER UNE AUTRE BOÎTE.

PRÉ-PARE-TOI, JE VAIS LA REN-TRER.
TU SAIS CE QUE J'AIME, CHIHIRO...
....
HAA...
PLIC
.....
PLIC
VITE...
ROUGIT
GAH !
SQUISH
SQUISH
AH !
HAH...
T'ES SERRÉ...
AH !
HA !
GRAB
HAN...
HAA
NGH...

* Ndt. environ 10,50€

CHOISIS.
C'EST POUR TOI QUE J'EN METS.
NON.
GRAB
MAIS J'AIME BIEN CELUI-LÀ !
TU M'AS DIT DE CHOISIR !
JE T'AI DEMANDÉ, C'EST TOUT.
J'AI PAS DIT QUE T'ALLAIS VRAIMENT LE FAIRE.
Attention vol à l'étalage surveillé

JE L'AI !
ボロ
PLOC
AAAH...
TANT MIEUX !
JE SUIS TROP CONTENT !
LA CHAÎNE EST DÉTACHÉE, MÊME PAS CASSÉE !
HMPH
OUAIS...
ON PEUT RENTRER, MAINTENANT !
AVANT ÇA, JE DOIS ALLER QUELQUE PART.
AH, POUR CHERCHER DU JAMBON.
T'ES CON OU QUOI ?
PAS DU TOUT.
HEIN ?
MADE IN JAPAN
0.02
0.01
¥900

PAS POUR MOI.
HAA...
KEITO ?
IL DOIT ÊTRE DANS LE COIN.
PERSONNE N'AURAIT VOLÉ UN TRUC PAREIL.
AH !

TU FAIS QUOI ?
PFF
HEIN ?!
POUR...
POURQUOI T'ES LÀ ?
.....
CHIHIRO...
ME DIS PAS QUE TU CHERCHES LE COLLIER QUE JE T'AI DONNÉ ?
.....
TU SAIS BIEN...
QUE C'EST DE LA PACOTILLE, HEIN ?

AH, MAIS OUI.
JE SAIS PAS QUEL GENRE DE JAMBON JE DOIS ACHETER, MOI.
FRSH
...
HEIN ?
HM ?
FRSH
FRSH

GENRE T'AS UN PLAN ?
ÇA M'ARRIVE, OUAIS.
ALLEZ, FONCE.
SI TU LE DIS...
AH, TU PEUX ACHETER DU JAMBON AU SUPER-MARCHÉ S'TE PLAÎT ?
MERCI D'AVANCE !
COMMENT ÇA, « UN TRUC DE PRÉVU » ? IL N'A MÊME PAS D'AMIS...
Kaji m'a invité.

PARDON DU DÉRANGEMENT.
VROOOUM
DE RIEN...
C'EST QUI ?
LE PATRON DE LA BOUTIQUE OÙ TRAVAILLAIT MA MÈRE.
JE NE SAIS PAS QUEL GENRE DE RELATION ILS ONT TOUS LES DEUX.
HMM...
PFF...
JE SUIS CREVÉ, RENTRONS.
AH, DÉSOLÉ.
J'AI UN TRUC DE PRÉVU, RENTRE AVANT MOI.
QUOI ?

PLAF
HIII
IIIH
!!
BAM
BAM
AH OUI, TU TROUVES ?!
AIDE-MOI, KEITO !
LA POLICE VA FINIR PAR ARRIVER !
CHIHIRO, JE T'EN SUPPLIE,
GYAAAAH !
JE TE PROMETS QUE JE VAIS APPELER…
ARRÊTEEEZ !
DÉ-PÊCHE-TOI !

POURQUOI T'ES AVEC MA MÈRE ?
C'EST TA MÈRE ?
HFF
BRR
BRR
JE MARCHAIS ICI QUAND JE L'AI TROUVÉE...
HEIN ?
AAAH !
POURQUOIIIII ???
OUAH ! QU'EST-CE QU'IL Y A ?!
MAMAN ?
FAIT CHIEEEEEER !!!
DU CALME...
HIIIIH !
SON ÉTAT EMPIRE QUAND T'ESSAYES DE LA CALMER, LAISSE-LA.
SURSAUT
DANS CET ÉTAT ? ET S'IL LUI ARRIVAIT UN ACCIDENT ?
PFEUH !
ON NE PEUT RIEN Y FAIRE,
JE TE DIS QUE ÇA VA, ELLE A ASSEZ D'ÉNERGIE POUR BOUGER.
ARRÊTEZ !
GRAB

HFF
HFF
C'est une droguée, tout le monde la connaît ici.
PEU IMPORTE...
IL FAUT VOUS COUVRIR.
HFF
HFF
Qu'est-ce que je dois faire ?
J'ai pas de téléphone,
je devrais la raccompagner chez elle ?
Elle a pas l'air de vouloir me dire où elle habite...
Je devrais peut-être appeler les secours ?
CHIHIRO ?
KEITO !

PLIC
MERDE, IL PLEUT !
PLIC
J'AI PAS DE PARAPLUIE, VAUT MIEUX RENTRER AVANT DE SE TAPER L'AVERSE.
?!
Hein ?
HFF
HFF
C'est la mère de Keito ?
EUH, EXCUSEZ-MOI...
QU'EST-CE QUE VOUS FAITES ICI ?
HFF
HFF
DANS CETTE TENUE...
HFF

CLAC
PUTAIN, QUELLE ORDURE !
MANGER TOUT LE JAMBON COMME ÇA...
J'en ai besoin pour cuisiner !
AH, LES POINTS FIDÉLITÉ SONT DOUBLÉS AUJOURD'HUI...
Hmm...
J'AI RIEN À FAIRE LE TEMPS QU'IL RENTRE.
KAJI DOIT AUSSI ÊTRE OCCUPÉ...
JE DEVRAIS SORTIR FAIRE UNE BALADE.

UN JOUET QU'IL Y AVAIT DANS LES PAQUETS DE GÂTEAUX.
J'AI BIEN COMPRIS, MAIS POURQUOI TU ME LE DONNES ?
C'EST UN CADEAU.
......
T'ES RINGARD.
ÇA TE VA BIEN.
GRRR
VA TE FAIRE FOUTRE.

T'AS PAS L'AIR DANS TON ASSIETTE.
CUI
カチャ
T.CHAC
SI, ÇA VA.
CUI
DONNE-MOI TA MAIN.
HEIN ?
CLING
C'EST QUOI ÇA ?

.....
CHIHI-RO...
C'EST BON, J'AI COM-PRIS.
VA CRE-VER.
DOOM
.....
IL N'Y A PAS DE KETCHUP DESSUS.
BEN OUI, ON N'EN A PAS.
MANGE, MAINTE-NANT.
CUI
BON APPÉTIT.
CUI
CUI
SILENCE DE MORT...
.....
.....
.....

PLAF
HEIN ?
POF
ズル…
QU'EST-CE QUE T'AS À JOUER LES AMOUREUX ?
.....
.....
.....
TU ME DÉGOÛTES, ARRÊTE.
C'ÉTAIT PAS MON INTENTION...

.....
AU FAIT, ON N'A PAS DE KETCHUP.
NI DE BOUILLON...
.....
ぎゅっ
GRAB

Malgré ça,
je...
AH...
Ha...
TU VIENS BEAUCOUP TROP VITE !
LA FERME ! C'EST TOI QUI ES LENT !
ET N'OUVRE PAS TOUS LES PA-QUETS DE BOUFFE.
JE MANGE LES TRUCS QUE J'AIME EN PREMIER.
N'IMPORTE QUOI.
AH, AU FAIT...
QU'EST-CE QUE TU VEUX MANGER DEMAIN ?
UNE OMELETTE AU RIZ !
UN VRAI GAMIN !
ÇA M'ARRANGE, C'EST SUPER SIMPLE À FAIRE.

Je me demande
Haa... Ah !
si elle connaît cette facette de lui.
Ngh...
Haa
SLURP
PLIC
Ngh
Ngh !
Haa.. Ah
SLURP
SLURP
SLURP
AH !
Ah !
Et même cette histoire de mère...
Pfuah...
Haa...
Haa... Ah...
TU VEUX QUE JE LA METTE ?
Ngh
OUI...
PLIC
PLIC
SPLURT
NON, PARCE QUE TU N'AS PAS ACHETÉ DE PRÉSERVATIF...
GRR
!
OH, J'AI RÉVEILLÉ LA BÊTE !!!
SQUISH
SPLIC
SPLIC
son nom, son âge, je ne sais pas si tout ça est vrai.
SLURP
BRR
AH !
NGH...
BRR
MUAH
SLURP

JE SUIS CENSÉ LE PRENDRE COMMENT, ÇA ?
J'EN SAIS RIEN, MAIS C'EST BON.
HA HA, TU FAIS CHIER.
Ça fait plus de 2 mois qu'on vit ensemble.
FSHHH
...
ÇA MANQUAIT DE GOÛT...
SCRATCH
SCRATCH
EST-CE QU'IL A QUAND MÊME AIMÉ ?
SCRATCH
MAIS IL M'A DIT QU'IL TROU-VAIT ÇA BON, DONC IL PRÉFÈRE PEUT-ÊTRE COMME ÇA ?
Et en dehors du fait qu'il a une mère,
OUAH !!!
J'EN AI TROU-VÉ !
je ne connais rien de lui.
TOC

AHM
.....
!!!
QUOI ?
C'EST QUOI CETTE RÉACTION ? C'EST PAS BON ?
J'EN SAIS RIEN...
HEIN ?
ÇA A MOINS DE GOÛT QUE DANS UN RESTAU
MAIS C'EST BON.

AH,
EST-CE QUE T'AS UN FILM EN TÊTE ?
.....
PAS DU TOUT.
OUAH...
SÉRIEUX...
Bon appétit !
TU DOIS PAS ÊTRE HABITUÉ, ÇA FAIT LONGTEMPS QUE T'HABITES SEUL.

C'EST PAS CHER DE CUISINER ?
T'AS JAMAIS FAIT TA BOUFFE TOI-MÊME ?
NON, JAMAIS.
QUOI ?
QU'EST-CE QUE TU RAJOUTES DANS LE PANIER, LÀ ?
DES GÂTEAUX.
ON VA PAS MANGER ÇA !
REMETS-LES EN RAYON !
PFF...
BLAM
C'EST LOURD !
T'AS ACHETÉ TROP DE COCHONNERIES ! HÉ, ATTENDS-MOI !
NON.
AH...
JE PEUX ACHETER DES DVD D'OCCAS' ? POUR PASSER LE TEMPS.
OUAIS...
TU VEUX VOIR QUOI ?
PEU IMPORTE.

* Ndt, environ 38€

ET LE PRÉSER-VATIF ?
J'EN AI PAS...
FRSH
POURQUOI ? JE T'AI DEMANDÉ D'EN ACHETER.
FRSH
J'AI PAS D'ARGENT...
AH, C'EST VRAI.
FUIP
ROUGIT
HEIN ?!
TU T'AR-RÊTES LÀ ?
ÇA TE FAIT MAL SANS, NON ?
EN BAS.
HEIN ?
EUH... BEN...
SINON...
T'AS VACHEMENT MAIGRI.

HÉ, LESQUELLES TU PRENDS ?
AH... EUH...
.....
0.02
スタンダード
.....
AME-RICAN SPIRIT !
NUMÉRO 29 ET NUMÉRO 38.
TU PUES L'ALCOOL... T'AS ÉTÉ BOIRE ? AH, MAIS T'AS PAS D'ARGENT.
KAJI M'A INVITÉ...
Haa...
AH OUI ? VOUS VOUS EN-TENDEZ BIEN. OÙ ÇA ?
AH !!!
HAN...
PARLE.
PLIC
PLIC
Ngh
PRÈS DE SHIN-ÔKUBO...
Ngh
Haa
SPLURT
SQUISH
HM !
SPLURT
SQUISH
JE VOIS...

DIS, KAJI...
HEIN ? AH !
C'EST KEITO ET SA MÈRE.
SA MÈRE ?!
ILS SE VOIENT TOUS LES WEEK-ENDS ICI.
JE NE SAIS PAS SI C'EST SA VRAIE MÈRE.
MAIS IL LUI DONNE DE L'ARGENT...
TOUT LE MONDE LA CONNAIT,
c'est une droguée.
MAINTENANT, ELLE FAIT LA PUTE.
ELLE FAIT SEMBLANT DE SE RAPPELER DE KEITO.
.....

IL AVAIT QUEL ÂGE… 16, 17 ANS ?
IL NE S'APPELAIT PAS KEITO MAIS HAYATO.
ON S'EST CROISÉS UNE FOIS PUIS ON S'EST PERDUS DE VUE.
QUAND ON S'EST RETROUVÉS, JE LUI AI PRÉSENTÉ LE TAF QU'IL FAIT MAINTENANT.
CLAC カチ
AH OUAIS ?
DONC IL A LE MÊME ÂGE QUE MOI, NON ?
MERDE, J'AI PLUS DE CIGARETTES.
VIENS, ON VA EN CHERCHER. TU POURRAS EN PRENDRE AUSSI.
SÉRIEUX ? MERCI !
À PLUS, PAPY !
!!!

PFF... ON S'EM-MERDE !
ET PAPY, FAUT ARRÊTER DE VOLER DES CHIPS !
HÉ HÉ...
C'EST QUI D'AILLEURS ? JE LE VOIS TOUJOURS ICI.
IL VIT LÀ, DONC C'EST LE PROPRIO !
HÉ HÉ HÉ...
C'EST MON ANNIVER-SAIRE, J'AI BIEN LE DROIT !
C'EST CE QUE TU M'AS SORTI L'AUTRE JOUR !
T'ES BOURRÉ ? TU PUES !!!
......
HÉ HÉ !
SON ANNIVERSAIRE...
TU VIS ENCORE CHEZ KEITO ?
OUAIS.
C'EST RARE QU'IL TRAÎNE AVEC QUELQU'UN D'AUTRE.
HEIN ? MAIS T'ES SON AMI, TOI AUSSI !
MAIS NOOOON !!!
BEN VOUS ÊTES QUOI ALORS ?
DES PLANS CUL ?
IL Y A UNE DIZAINE D'ANNÉES...

ep.03

Parce que,
qu'ils aient été jetés ou pas,
MINCE, JE N'AI PAS MIS DE PRÉSERVATIF.
T'AURAS QU'À EN PRÉPARER UN LA PROCHAINE FOIS.
FAIT CHIER...
un chocolat reste un chocolat.

T'ES SI CHAUD À L'INTÉRIEUR !
Haa !
MMPH !
Haa !!!
Ngh...
J'AI L'IMPRESSION D'ÊTRE DANS UN BAIN...
GRAB
UN PRÉSERVATIF...
PAF
Mais peut-être
que le chocolat peut se mélanger aux ordures ?
SPLURT
Ah !
SQUISH
PAF
SPLURT
Ha !
Han !
Ah !
HAN !
SQUISH
HA HA...
SPLIC
SPLIC
Haa...
PAF
SPLIC
Moi, je pense que je mangerais les chocolats, même s'ils ont été jetés à la poubelle.
PAF
SPLIC

TU PAS-SAIS TON TEMPS À BAISER AVEC TON EX, HEIN ?
NGH
GAH !
SPLIC
GHN...
FAP
SPLIC
OUAH, GÉNIAL !
MES DOIGTS RENTRENT TOUT SEULS...
HAN !!!
NGH...
HM !
SPLIC
MA BITE AUSSI DEVRAIT GLISSER COMME ÇA...
JE VAIS LA METTRE.
PAF
PFUAH...
LA... FER-ME...
HAN !
Dans mon cas
NGH
NGH...
PAF
AH...
HAN ! ♥
BRR
EH BAH...
T'ES TROP MIGNON QUAND TU GÉMIS.
cette vie que je pensais être une boîte de chocolats n'était en fait qu'une benne à ordures.

La boîte de chocolats, c'est la comparaison parfaite.
AH !
ATT... ATTENDS !
QUOI ?
TU VEUX ÊTRE AU-DESSUS ?
OUI, ÇA TE GÊNE ? TU N'Y ES PAS HABITUÉ ?
GRAB
HMM ...
N... NON...
FUIP
OUAH !
SMACK
.....
FIXE
HAA...
HÉ, ARRÊTE !!!
PETIT MENTEUR...
ROUGIT

HEIN ?
ALORS FAISONS L'AMOUR !
COMME ÇA, TU N'AURAS PAS À PENSER À QUOI QUE CE SOIT D'AUTRE !
T'ES SÉRIEUX ?
AH !
TU M'AS DIT QUE TU VOULAIS LE FAIRE.
OUI, MAIS...
OUAH !!!
ATTENDS !

OUAIS.
TU TRAVAILLES DEMAIN ?
OUAIS, PEUT-ÊTRE.
POURQUOI ?
FHHH
PARCE QUE QUAND JE SUIS SEUL...
JE NE SAIS PAS TROP QUOI FAIRE.
JE FINIS TOUJOURS PAR AVOIR DES PENSÉES SOMBRES.
ÇA ME DONNE ENVIE DE CREVER.

ILS SONT...
DÉJÀ PARTIS.
ON RENTRE ?

POUF
ボトッ
LAISSE TOMBER.

CLIC
CLIC
CLIC
QU'EST-CE QUE TU RACONTES ?!
ON PEUT LES CAMBRIOLER !
N'IMPORTE QUOI.
TANT QUE J'Y SUIS,
AUTANT PRENDRE TOUS LES TRUCS QUI VALENT DE L'ARGENT, PAS SEULEMENT L'APPAREIL PHOTO !
VIENS PAR LÀ, ON PEUT PASSER PAR DERRIÈRE !
HÉ !
JE VAIS RENTRER PAR LA FENÊTRE. NE T'EN FAIS PAS, JE PARTAGERAI LE PACTOLE AVEC TOI.
CHIHIRO.
TAC
T'INQUIÈTE !

CLIC
JE VAIS LE CHERCHER LE PLUS VITE POSSIBLE.
???
CLIC
CLIC
CLIC
CLIC
ILS ONT CHANGÉ LA SERRURE.
C'EST PAS VRAI...
C'EST COURANT, ÇA ?
ILS ONT DÛ AVOIR DES CAMBRIOLEURS...
CLIC
CLIC

FIXE
じっ
TU NE M'AURAS PAS.
柏木
kashiwagi
.....
QU'EST-CE QUE JE FOUS LÀ, MOI ?
C'EST À ÇA QUE TU PENSES ?!
EXACTEMENT.
POURQUOI J'AI DÛ T'ACCOMPAGNER ? T'ES PLUS UN GAMIN !
ET TES PALPITATIONS ? TU LES RESSENS, LÀ, TES PALPITATIONS ?
BIEN SÛR !
C'EST RARE QUE MON GRAND FRÈRE NE SOIT PAS À LA MAISON...

JE ME DEMANDE SI JE PEUX FAIRE DÉVELOPPER LES PHOTOS MÊME S'IL EST TREMPÉ.
J'EN SAIS RIEN.
.....
CHEZ MES PARENTS,
IL Y AVAIT UN VIEIL APPAREIL QUE J'ADORAIS UTILISER.
TU DEVRAIS ALLER LE CHERCHER, NON ? SI TU NE PASSES QU'UNE PETITE HEURE.
JE POURRAIS M'INFILTRER QUAND ILS NE SONT PAS LÀ
MAIS CET ENDROIT EST REMPLI DE MAUVAIS SOUVENIRS ET À CHAQUE FOIS QUE JE M'EN APPROCHE, J'AI COMME DES PALPITATIONS...
QUOI ?
TU VEUX QUE JE VIENNE AVEC TOI ?
.....
.....
TU RÊVES.
C'EST PAS MON PROBLÈME.

JE DÉTESTE ÇA PARCE QUE JE SAIS QUE JE N'EN AURAI JAMAIS...
DES GOSSES, UNE FAMILLE, CE GENRE DE TRUCS...
BON... J'AI FROID, ON RENTRE ?
OUAIS.

FAIT CHIER !
BERK !
CE N'EST RIEN...
JE T'AI DÉJÀ DIT DE NE PAS PARTIR SANS ME PRÉVENIR !
VEUILLEZ L'EXCUSER !!!
S'INCLINE
ROOH...
?!
MONSIEUR, C'EST VOUS QUI ÊTES TOMBÉ DANS LA FONTAINE ?
TAP
TAP
LA FERME !!!
T'ES TOUT SALE, ÇA VA ALLER ?
JE DÉTESTE LES GOSSES.
.....
TCH.

PFFT
HI HI...
HI HI !
QUOI ?
POURQUOI TU RIS ?
PFFT
ÇA FAISAIT LONG-TEMPS QUE J'AVAIS PAS VU UN TRUC AUSSI DRÔLE !
HI HI HI...
PARDON ?!
TU TE MOQUES DE MOI, EN FAIT ?
HI HI !
BOBOM
HI...
HI HI...
TON RIRE FAIT FLIPPER.

AH !
MERDE !!!
NON !
SPLASH
PFUAH !!!
EH BIEN !
VOUS AVEZ ÉTÉ SURPRIS PAR L'ENVOL DES PI-GEONS ?
SPLOC
PFEUH !!!
HI ...
KOF KOF...
HAAH
FAIT CHIER ! IL CAILLE !
.....
HI HI..
PFFT !!!

C'EST UN SECRET.
FLAP
CLIC
FLAP

qu'il me trompait.
HÉ, TU M'ÉCOUTES ?
COMMENT T'AS RÉAGI QUAND TU T'ES FAIT VIRER DE CHEZ TOI ?
EH BAH...
JE SAVAIS QUE ÇA ARRIVE-RAIT TÔT OU TARD..
MAIS...
JE M'EN FICHAIS TANT QUE SHUN'ICHI ÉTAIT À MES CÔTÉS.
JE SUIS CON, HEIN ?
TAP
ET TOI, KEITO ?
T'AS UNE FAMILLE OU UN PARTENAIRE ?
OUI,
J'AI UNE MÈRE.
COMMENT ELLE EST ?
TA MÈ..

J'ai toujours eu peur
qu'au fond, il ne m'aime pas vraiment.
On ne se voyait que quand il le voulait.
Je savais que j'étais le seul vraiment amoureux et qu'il avait quelqu'un d'autre à côté.
Quand on ne se voyait pas, j'étais triste à en crever
mais j'oubliais tout dès l'instant où on se retrouvait.
Puis finalement,
il a confirmé

Tu pars déjà ?
Hein ?
BOBOM
Ah...
Euh...
Allons-y.
Cette nuit-là, ce n'est pas au karaoké qu'on est allés mais à l'hôtel.
C'est la première fois que j'assumais mon amour pour les hommes et que j'avais un copain.
Enfin, c'est ce que je croyais.

Malgré ça, je suis quand même tombé amoureux de lui.
À la fin de nos études, la classe a organisé une réunion d'anciens élèves.
Je ne sais pas pourquoi mais ils m'ont invité.
Shun'ichi me manquait alors je suis venu pour lui.
Qui veut aller au karaoké ?
Allez !!!
Moi, moi !
J'ai voulu participer mais j'en place pas une...
Qu'est-ce que je fous là ?
Vaut mieux rentrer ...
Hé !
?!

J'ai su que quoi qu'il arrivait, je devrais garder ça pour moi.
À l'école, j'avais peur qu'on le découvre
et je m'isolais de la classe.
J'avais peur de tomber amoureux...
en parlant à d'autres garçons.
Shun'ichi fut la seule personne à me dire au revoir
Bye bye !
à la fin des cours.
Euh... Bye bye.
Nous étions dans la même classe jusqu'en terminale
et c'était la seule interaction qu'on avait.

.....
SHUN'ICHI.
Depuis tout petit,
je ne suis tombé amoureux que de garçons.
Quand mes parents ont vu que j'étais plutôt proche de mes camarades,
ils m'ont emmené à l'hôpital.
Selon eux, je devais être complètement fou et il fallait me guérir.
C'est là que j'ai réalisé que j'étais homosexuel.

C'EST PAS VRAI...
ALLEZ, DÉPÊCHE TOI !
JE N'AI QU'UNE PRISE POSSIBLE ALORS JE DOIS FAIRE ATTENTION.
KEITO, TU PEUX TE DÉTENDRE UN PEU ? FAIS UN PETIT SOURIRE.
ARRÊTE TES CONNE-RIES.
T'AS QU'À ME PARLER, TOI !
EUH...
AH, QUAND EST-CE QUE T'AS SU QUE T'ÉTAIS GAY ?
DEPUIS QUAND ? JE L'AI TOUJOURS SU.
OÙ EST-CE QUE T'AS RENCONTRÉ TON EX ?
AU LYCÉE !
IL S'APPELLE COMMENT ?
Interdiction de nourrir les oiseaux.
Le gérant

C'EST GÉNIAL !!!
TU AIMES LA PHOTO, CHIHIRO ?
OUI ! JE VOULAIS DEVENIR PHOTO-GRAPHE.
JE VOIS...
FUIP
ON POURRAIT ALLER QUELQUE PART...
POUR QUE JE PRENNE UNE PHOTO DE TOI ?
HEIN ?
SÉRIEUX ! ALLEZ !

JE VOUDRAIS JUSTE QU'ON BAISE...
AU FAIT, ÇA TRAÎNAIT DANS L'ESCALIER ALORS JE L'AI PRIS.
C'EST POUR TOI.
FUIP
HEIN ?
OUAH !
UN CADEAU.
C'EST UN DÉCHET !
COMME TOI, ALORS.
LA FERME !
TU PEUX L'UTILISER COMME JOUET.
....
IL RESTE UNE PHOTO À PRENDRE !
UNE SEULE ?

Heureusement, il n'est pas souvent chez lui.
CLAC
POURQUOI DÉMÉNAGER
ET CHOISIR UN ENDROIT AUSSI DÉGUEULASSE QU'AVANT ?
POUR CERTAINES RAISONS.
PARCE QUE T'AS PAS DE THUNES, OUAIS !
Keito était bien différent de l'image que je me faisais de lui.
OUVRE LA FENÊTRE QUAND TU FUMES.
OUAIS, OUAIS...
Comment dire...
C'est une personne très calme.

C'ÉTAIT BONDÉ, J'AI PRÉFÉRÉ PRENDRE À EMPORTER.
ET LE MIEN ?
J'AI RIEN PRIS POUR TOI.
......
Quand il m'a retrouvé dans la benne à ordures la deuxième fois,
j'ai essayé de le menacer en n'espérant qu'une seule chose.
C'est... C'est une agression ! Je vais te dénoncer à la police !
Mes blessures ne sont toujours pas guéries et on te voit sur les caméras de l'hôtel !
BZZZZ
Si tu ne veux pas être arrêté, laisse-moi vivre chez toi jusqu'à ce que je trouve un appart !
Et euh... Je... Je veux de l'argent !
C'est d'accord, tu peux vivre chez moi.
Hein ?
Sérieux ?

VROOOUM
ブロロ…
C'est la fin de l'été, l'automne approche doucement.
Je n'ai toujours ni travail ni argent
PFF...
CLAC
mais j'ai enfin trouvé un endroit où dormir.
Chez mon agresseur.
TU TE FICHES DE MOI ?
T'AS PAS ENCORE FINI ?
Voilà deux mois que je squatte chez lui.
On a déménagé hier et il me fait faire toutes les tâches ingrates.
En échange d'un toit, j'ai l'impression d'être devenu son esclave.
T'ES RENTRÉ TÔT !

ep.02

Il y a très longtemps, j'ai entendu la phrase « la vie, c'est comme une boîte de chocolats : on ne sait jamais sur quoi on va tomber. » dans un film.
T'AS TOUJOURS PAS FINI TES CARTONS ?
DÉPÊCHE-TOI DE RANGER !
SCRCH
OUAIS, C'EST BON, JE M'EN OCCUPE !
JE VAIS BOIRE UN CAFÉ DEHORS, D'ACCORD ?
QUOI ?!
SCRCH
Je l'ai toujours trouvée vraie parce que je me suis souvent retrouvé dans des situations qui m'ont fait penser : « Qui aurait cru que je puisse en arriver là ? »
QUEL CHIEUR...
FLAP
Ma vie est-elle vraiment comparable à une boîte de chocolats ?

T'ES ENCORE EN VIE ?
POUR L'INSTANT… MAIS JE VAIS SANS DOUTE BIENTÔT MOURIR.
MON DERNIER SOUHAIT… C'EST DE M'OCCUPER DE TOI.
D'ACCORD !
Quelle vie de merde…

Sérieux...
HÉ BAH,
C'EST ÇA QU'ON APPELLE UN SENTIMENT DE DÉJÀ-VU ?
ÇA FAIT DEUX JOURS, ORDURE.
PFIOUUU

Non...
CLANG
C'est la faute de personne.
Je le sais, au fond.
Mais...
je ne pourrais pas tenir si je ne rejette pas la faute sur quelqu'un d'autre.

PRODUITS
D'OCCASIONS !!!
FUIP
BIIIIP
ATTENDS !
SALE VOLEUR !!!
À cause de qui
suis-je devenu un déchet pareil ?

Quand j'ai croisé son regard, c'était le première fois de ma vie
Qu'est-ce que ça voulait dire ?
que ces pensées ont disparu de mon esprit.
ACHATS
VENTES
ÉCHANGES
NEUF & OCCASION
STOCKS D'ENTREPÔTS
HINJUKU ÔMIYA
J'ai fini par partir sans me retourner.

On croyait t'avoir bien éduqué !
Fous le camp et ne remets plus jamais les pieds ici !
Ne t'en fais pas,
je n'ai pas l'intention de partir.
On peut rien faire de toi.
Tu n'es pas fait pour ça, en fait tu n'as aucun talent.
Rentre chez toi et qu'on ne te revoie plus. Crève.
J'adore les tocards dans ton genre.
Vous faites de parfaits animaux de compagnie.

ザァ
FSHAAA
バタン
CLAC
MERDE.
IL PLEUT.
TCH.
C'EST DIMANCHE... FAIT CHIER.
J'AI NULLE PART OÙ ALLER...

HAA...
TU RENTRES CHEZ TOI ?
JE TE DIS QUE JE N'AI PAS DE MAISON !
MAIS PAS QUESTION QUE JE RESTE DANS CET ENDROIT SUPER LOUCHE !
JE VOIS.
ADIEU, ALORS !

VRRR
ALLÔ ?
?!
OUAIS ...
FLAP
AH, OUI, IL Y A UNE FACTION LÀ-BAS...
OUAIS, UN CLIENT L'A DÉJÀ FAIT...
HMM... JE TE RAPPELLERAI APRÈS EN AVOIR TROUVÉ.
À PLUS. ON DEVRAIT MANGER UN TRUC EN-SEMBLE UN DE CES QUATRE.
BIP
C'ÉTAIT QUI ?
IL PASSAIT UN APPEL AVEC LA BOUCHE PLEINE...
BON !
UNE DEMANDE POUR RACOLER DES TALENTS.
AH, PAS POUR LA TÉLÉ, HEIN ! JE PARLE D'ESCORTES OU DE PROSTITUÉES.
DU RACO-LAGE ? C'EST UN TRAVAIL D'ORDURE ÇA, NON ?
TU TE FAIS DE L'ARGENT SUR LE DOS DE CES FILLES QUI VENDENT LEUR CORPS.
MÊME MOI, IL ME VIENDRAIT PAS À L'ESPRIT DE FAIRE UN TAF PAREIL.
ET ALORS ?

Il... Il est sacrément doué !
SLURP
Comment ça se fait ?!
SLURP
C'est un pro ?! S'il continue...
SLURP SLURP SLURP
BRR
Je vais...
GNNH !
!
GAH...
SPLURT
C'ÉTAIT RAPIDE.

IL NE SE PASSE VRAIMENT RIEN ENTRE VOUS DEUX ?
OUAH, T'ES RÉVEILLÉ, TOI ?
RIEN DU TOUT. IL M'A JUSTE FILÉ DU TRAVAIL UNE FOIS.
C'EST DEVENU UNE CONNAISSANCE AVEC QUI JE PARTAGE QUELQUES VERRES DE TEMPS EN TEMPS.
CLIC
CLIC
HMM... JE VOIS...
AT-TENDS ! QU'EST-CE QUE TU FOUS ?!
QUOI ?
C'EST TOI QUI VOULAIS LE FAIRE, NON ?
SMACK
SLURP
PFUAH
QU'EST-CE QU'IL RACONTE ?!
SLURP
C'EST PAS FAUX...
SLURP

C'est
tout simplement
« Félicitations ».
BLINK
.....
Hein ? Je me suis encore endormi ?
IL EST SORTI DE TAULE, FAIS ATTENTION À TOI...
JE SAIS.
IL VA VOULOIR TE TUER.
DEMANDE DE L'AIDE À MATSUKI.
Je ne suis même pas surpris
T'INQUIÈTE, ÇA VA ALLER.
de me retrouver chez mon agresseur...
C'EST LE SEUL QUI POURRA T'AIDER... APPELLE-MOI SI T'AS UN PROBLÈME.
CLAC
OUAIS.
À PLUS !

COMMENT T'AS RÉAGI LÀ-BAS ? T'AS TOUT CASSÉ, NON ?!
KAJI, JE CROIS QUE T'ES BOURRÉ AUSSI.
OH, J'AI DIT...
« FÉLICITATIONS »...
QUOI ?! POURQUOI ?
T'ES SÉRIEUX ?
Pourquoi ?
Ben...
C'ÉTAIT LA DERNIÈRE CHOSE À LUI DIRE !
c'est évident.
HÉ, T'ENDORS PAS !
quand tu vois la personne que tu aimes si heureuse...
HÉ OH !
C'est le seul mot qui te vient en tête
SÉRIEUX -

TU TE TAPES UNE ESCORTE,
C'EST PAS TA COPINE.
HEIN ? ET ALORS ?
C'EST INTERDIT.
JE T'AI DIT QUE JE VOULAIS ARRÊTER D'ÊTRE CHAUFFEUR
POUR OUVRIR UN RESTAURANT DE RAMENS ET ÉPOUSER EMIKA !
ÇA M'ÉTONNERAIT QU'ELLE QUITTE SON TAF.
LA FERME !
T'AS AUSSI UNE VIE COMPLIQUÉE, KAJI...
HIPS...
POURQUOI TU TE RAP-PROCHES DE MOI COMME ÇA ?
VROOUM
CLAC
CLAC
NIARK
NIARK
PFFT...
BREF, RACONTE POURQUOI T'ES UNE GROSSE VICTIME !
QUOI ? JE VAIS T'ÉTRIPER... EUH... BEN...
LE GARS AVEC QUI JE SUIS SORTI PENDANT 4 ANS
S'EST MARIÉ DANS MON DOS.
IL ME TROMPAIT.
IL M'A MÊME INVITÉ À SON PUTAIN DE MARIAGE... DANS UNE BELLE ÉGLISE...
T'Y ES ALLÉ ?!

C'EST VRAI, TU SQUATTAIS LES APPARTS DE TES PLANS CULS...
ET TES PARENTS ALORS ?
HORS DE QUESTION DE RE-TOURNER CHEZ EUX...
QUAND ILS ONT SU QUE J'ÉTAIS GAY,
ILS M'ONT EXPULSÉ DE LA MAISON...
HM HMM...
MON PAUVRE.
N'EST-CE PAS !!!
CLAC
SALUT !
HEIN ?
IL EST ENCORE LÀ, LUI ?
OUAIS, APPAREMMENT IL N'A PAS DE MAISON OÙ RENTRER.
C'EST VRAI ! JE SUIS QU'UNE MERDE !
HIPS...
JE N'AI NI ARGENT NI MAISON,
NI COPAIN, NI FAMILLE... PUTAIN...
HIPS...
IL EST COMPLÈTE-MENT BOURRÉ, HEIN ?
VOUS VIVEZ ENSEMBLE TOUS LES DEUX ?!
HIPS
HIPS
T'ES CON OU QUOI ? J'AI UNE COPINE, MOI.
IL EST INSUP-POR-TABLE.

GARGLGLGL
.....
!!!
ROUGIT
BRR
BRR
TU DEVRAIS MANGER QUELQUE CHOSE AVANT.
PFUAH...
HIPS !
POURQUOI TU NE RENTRES PAS CHEZ TOI ? DISPARAIS.
J'AI PAS DE MAISON.
POUF

DÉSOLÉ DE T'AVOIR FRAPPÉ.
TU DIS ÇA COMME SI ÇA ARRANGEAIT TOUT.
TU PEUX DÉGAGER, MAINTENANT.
あっ
ROUGIT
GNH
Fait chier... Il s'est foutu de ma gueule... J'ai rien à gagner dans cette situation !
HÉ...
LAISSE-MOI M'OCCUPER DE TOI.

JE T'AI FOUILLÉ À L'HÔTEL MAIS T'AVAIS RIEN SUR TOI.
C'EST POUR ÇA QUE JE T'AI FOUTU DEHORS.
MAIS JE NE T'AVAIS PAS ENCORE POSÉ LA QUESTION DE VIVE VOIX.
J'AI VRAIMENT FAIT LE CON, JE SUIS RASSURÉ QUE TU SOIS ENCORE EN VIE.
TOUT ÇA... C'ÉTAIT POUR RÉCUPÉRER CETTE CARTE ?
OUI !
C'ÉTAIT MA MISSION.
PARDON ?! T'ES UN DÉTECTIVE OU QUOI ?
FRSH
DU TOUT. C'EST PARCE QUE JE CONNAIS BIEN CET HOMME...
T'INQUIÈTE.
SI TU L'AS JETÉE, ALORS J'AI PLUS RIEN À FAIRE AVEC TOI.

TU PARLES DE SA CARTE BLEUE ? ELLE A ÉTÉ BLOQUÉE DE SUITE !
J'AI PAS PU RETIRER !
NON,
IL Y AVAIT UNE AUTRE CARTE, NOIRE.
JE L'AI CHOURÉE PARCE QUE JE PENSAIS QUE C'ÉTAIT UNE BLACK CARD
MAIS C'ÉTAIT MÊME PAS UNE CARTE BANCAIRE !
JE L'AI JETÉE DÈS QUE JE M'EN SUIS RENDU COMPTE !
OÙ ÇA ?
DANS LA POUBELLE D'UNE ÉPICERIE.
PFFT...
J'AI PLUS AUCUNE CHANCE DE LA TROUVER, DU COUP !

HEIN ?!
TU VEUX DIRE QUOI PAR LÀ ?
す FUIP
BOIS UN PEU D'EAU D'ABORD.
TIENS.
QUOI ?
AH ?! OH...
KOF KOF...
HAAAH...
PFEUH
T'ÉTAIS PAS GIGOLO DANS UN IMMEUBLE D'AZABU IL Y A UN MOIS ?
MAIS...
COMMENT TU SAIS ÇA ?
T'AS ÉTÉ VIRÉ POUR AVOIR FRICOTÉ AVEC UN GARS DE L'EXTÉRIEUR, JE ME TROMPE ?
TU LUI AS MÊME VOLÉ SA CARTE.
GASP
SA... SA CARTE...

HIIII !!!
HA HA, DU CALME.
TU VAS ME BUTER !!!
GASP
MAIS NON.
IL EST BRUYANT TON GARS.
OUAH !!!
C'est qui ?!
PFF...
Où suis-je ?!
?!
ON EST CHEZ MOI.
!!!
Pourquoi ? C'est qui ?!
ALLEZ, JE ME TIRE.
FHHH
D'ACCORD.
TU NE DEVAIS PAS ME TUER PUIS M'ENTERRER DANS UNE MONTAGNE ?
CLAC
QU'EST-CE QUE TU RACONTES ?!
JE SUIS VRAIMENT EN VIE, LÀ ?
PFUAAH...
J'Y COMPRENDS RIEN.
TA MORT NE M'ARRANGERAIT PAS.

Je n'ai jamais réussi à lui poser la question.
Pourquoi tu t'es marié ?
Tu ne m'aimais plus ?
Pourquoi...
Pourquoi ?
Pourquoi tu m'as jeté ?
HFF
Pourquoi...
AH, T'ES RÉVEILLÉ.

JE SUIS PAS TON PUTAIN DE TAXI !
C'EST UN CADAVRE ? TU VAS DÉGLINGUER MES SIÈGES !
DÉSOLÉ…
FUIP
FUIP
MAIS T'INQUIÈTE,
FUIP
IL EST BIEN VIVANT !
J'AI QUE 30 MINUTES À T'ACCORDER !
OUAIS, OUAIS…
CLONG
J'AU… RAIS… DÛ…
HEIN ?
T'AS DIT QUOI ?
J'AURAIS… DÛ…
LUI… DEMANDER…
JE DÉMARRE ! ON VA CHEZ TOI ?

Oui. Cet homme m'a tabassé
pour ensuite me jeter comme une poubelle dans une benne à ordures.
Est-ce qu'il est revenu pour voir si j'étais mort ?
Qu'est-ce que je lui ai fait pour mériter ça ?
J'AI MAL À LA GORGE...
Tout est de sa faute.
S'il ne s'était pas marié du jour au lendemain...
Depuis ce jour, tout est si bizarre...
Est-ce qu'il va me tuer ?
Je ne veux pas mourir.
CRIIII
Quitte à crever, autant...
HÉ, KEITO !

BLAM
Félicitations !
JE... JE M'EN RAPPELLE !
TU M'AS...
ÇA FAIT UNE DEMI-JOURNÉE QUE JE T'AI JETÉ ICI
MAIS T'AS DORMI COMME UN BÉBÉ. SURPRENANT !
CONTENT QUE TU NE SOIS PAS MORT !
JE... JE PORTERAI PLAINTE.
JE CONNAIS TON VISAGE, J'IRAI VOIR LA POLICE...
NON MERCI, CE SERAIT BIEN EMBÊTANT !
FUIP
ALLÔ, KAJI ?
VIENS ME CHERCHER. MAIS NON... OUAIS, DERRIÈRE LE BAR SIX.

Hein ?
Quoi ?
PAF
SPLIC
Hé ?!
BLAM
Qu'est-ce que...
BAM
Pourquoi ?
FRSH
Qu'est-ce qu'il fait ?
Hein ?
HEIN ?!

FUIP
?
POF
Ne me déshabille pas...
GRAB
Ben pourquoi ?
Parce que j'ai honte !
Hein ? Mais je veux te voir, moi !
Non...
SMACK
FRSH
On peut le faire dans le noir, si tu veux.
Non,
je veux garder mes vêtements.
Plus tu fais le timide,
plus j'ai envie de te voir nu...
Tu le sa...
BLAM

Trop mignoooon !
Dis-moi,
j'aimerais apprendre à te connaître.
On pourrait aller discuter dans un endroit plus calme ?
Hein ?!
D'a... D'accord !!!
Sérieux ?!
Ah, mais j'ai pas d'argent.
Ne t'en fais pas.
Ngh
Hmm
Mmh
Ngh
Mmh
Hmm
SMACK
Haah
Haah
HFF

HMPH
ギロ
Vraiment ? Merci !
Alors je reprendrai la même chose.
PITIÉ
PITIÉ
PITIÉ
PITIÉ
Hé hé... Au fait, comment tu t'appelles ?
Moi, c'est Chihiro.
Keito.
Keito, je vois !
T'es carrément mon type.
.....
C'est la première fois qu'on me dit ça.
Ça me gène un peu...

TAP
ジャリ…
Je...
Je peux m'asseoir ?
Bien sûr.
Ah, euh... T'as quel âge ? Moi, 23 ans !
La même.
Ah ouais ? Tu fais quoi dans la vie ?
Je cherche un taf, et toi ?
La même chose... Rien de spécial.
Pardon pour toutes ces questions...
Tu veux boire quelque chose ?
Je t'invite, si tu veux !

HAAH HFF
HFF
Je joue à quoi, là ?
CHOMP
Je suis un homme fini.
C'est trop bon !
CLAC
CRIII
Je dois retourner au bar habituel.
J'ai besoin d'un nouveau foyer, il me faut un mec qui a l'air riche...

J'ai pas de thunes...
Comment ça se fait ?
Ah, ça doit être les cigarettes.
J'ai la dalle... À ce train-là, je vais finir SDF.
J'ai rien becté depuis hier.
Je vais sûrement crever...
Maman va acheter une boisson. Attends-moi ici, tu veux ?
HOP
POUF
TAP
OUIIIIIN !
MAMAAAAN !
Ryô ?! Qu'est-ce qui se passe ?

Hein ?
HEIN ?!
Rappelle-toi !
Je me souviens qu'hier...

Félicitations !!!
HA HA HA !
T'ES TOUJOURS EN VIE.
.....
..... MAIS ?!
Comment...
QUOI ?
je me suis retrouvé là ?

DING DOOONG
DING DOOONG
ep.01
Félicitations !
Félicitations !
Félicitations !!!
Félicitations !
Félicitations !

Ogeretsu Tanaka

HAPPY OF THE END